ロジェ・グルニエ

# パリはわが町

宮下志朗訳

みすず書房

# PARIS MA GRAND' VILLE

by

Roger Grenier

国王さまのお言いつけ、
花のパリはくれてやる、
くれてはやるが、あの娘《こ》とは
きれいさっぱり手を切れと。
わたしゃ言います、アンリ王に、
「花のパリなど、なんのその、
わたしの好きなは、あの娘《こ》だけ、ハイソレ！
わたしの好きなは、あの娘《こ》だけ」

モリエール『人間嫌い（ル・ミザントロープ）』

はたして自分が田舎者なのかパリっ子なのか、わたしにはわからない。わたしはたまたまノルマンディに生まれた。そして、わたしの作品の大部分は、子供時代や思春期を過ごしたポーの町とベアルヌ地方から着想を得ている。けれども、わたしの町ということになれば、それはパリである。本当のパリっ子とは、別の土地で生まれ、パリで生きるのが征服することであるような人間をいうような気がするのだ。それには、セーヌ河にかかる橋を渡って、目を見はるだけで十分だ。片方にはシテ島やノートル＝ダム大聖堂が、もう片方にはグラン・パレやシャイヨの丘が。そして、比較を絶する空が広がっている。夢ではなくて、わたしはパリにいるではないか！

　オルセー駅からパリに着いた翌日——そのプラットホームは現在の列車には短すぎて、この駅はミュゼに、オルセー美術館に変わってしまったわけだが——、親しい友人に、サン＝ジェルマン＝デ＝プレの伝説的なカフェ〈フロール〉で待ち合わせようといわれた。

昔からの常連は、「オ・フロール」とは決していわずに、「ア・フロール」といっていた。パスカルというこのカフェの有名なボーイが給仕してくれた。サルトルが『存在と無』のなかで、「カフェのボーイの即自存在《アン・ソワ》」を分析しながら描いているのは、たぶんこのパスカルのことなのだ。

こうした劇的な始まりののち、わたしは、困難な住宅探しと、生活の変化のせいで、北から南まで、東から西までと、パリをぐるっと回る羽目になった。少しばかり落ちぶれたブルジョワが、その落魄《らくはく》ぶりを隠しているようなゴブラン地区には、何度も足を向けた。そして、イギリス人やベルギー人が降りるやいなや、身ぐるみはいでやろうとして、商店もブラッスリーも、すべてが手際よく準備されている感のある、北駅。職人たちの工房が、若き管理職社員のマンションに席を譲ろうとしている、一五区。セーヌの右岸と左岸……わたしはずいぶんと歩きまわった。メトロもバスもあまり来なかったためもあるが、楽しくて歩いたのだ。こうしてぶらぶら歩いていると、第二の都市を発見する。マンションの最上階は、独自のつくりとなっていて、その下の階とは独立したもののように思われた。つまり、空中にぽつんとある、ひとつの都市を形づくっているのだ。

ポーで、わたしの父は、「パリ友の会」に入っていた。こうしたクラブは、いまはもう存在しない。むしろ、「パリ嫌いの会」がいくつもあるかもしれない。地方の人々は、われわれをとても嫌っている。おそらくは、フランスが何世紀も前から、極端に中央集権的な国家であるからにちがいない。すべてが首都を通り、すべてが首都に集中している。最近では、地方分散の努力もなされてはいるけれど、たいしたことではない。父親が「パリ友の会」の会員であったのは当然の話で、彼はマザリーヌ通りの生まれなのだ。

この大都市で、わが一族の痕跡を探したりすることもある。そんなとき、わたしは考古学者になったような気がする。父方の祖父は、クロワ＝デ＝プティ＝シャン通りにあった《レ・プティット・ザフィッシュ》という求人新聞で、職工長をしていた。昔の書類を読むと、「印刷工」と彼の職業が書いてある。そして、このわたしは長いこと、ジャーナリストあるいは編集者という、印刷業に、紙とインクに結びついた仕事をしてきたわけだから、印刷工の祖父を持ったことを幸せに思っている。祖父は、マザリーヌ通りから、ポン・デ・ザール（芸術橋）を通ってセーヌを渡るだけで職場に行けたのだ。その後祖父は、ストラスブール大通りで印刷所を開業した。一枚の写真に、建物の前にユニークな形をした車よけの隅石がはっきり写っていることから、その印刷所が四三番地にあったことを、つきとめることができた。これと同じような方法で、今度は、中庭に井戸が写っていることをヒントにして、サンティエ地区のポワソニエール通り三番地に、母方の家があったことも見つけ出した。この家族はラングドック地方から上京したのだが、その理由も状況も定かではない。

第一次大戦の前に両親が住んでいたレ・アル（中央市場）の古い界隈を歩いていると、きまって、一七世紀の初めにバソンピエール元帥が味わった、エロスと死の混じり合った経験を思い出してしまう。これはじつに魅力たっぷりの、おそろしい話であったから、ゲーテやホフマンスタールによって物語になってもいる。バソンピエールはプティ＝ポン（小橋）の上で、肌着を売る美女と出会う。忘れがたい一夜を過ごしてから、愛する二人は再会を約束する。ところが、約束した場所に真っ先に現れたのは、ペストだったのである。容赦なくパリを襲ったこの伝染病についてはこんなこともある。フランス放送会館に行く用事ができたときには、わたしはグルネル橋を渡るのだが、橋の下には、細長いシーニュ島（白鳥の島）が伸びていて、愛犬ユリッス（ユリシーズ）を、そこで散歩させに行ったものだ。けれども、その昔、ここは「マクレル島」と呼ばれていて、ペストの犠牲者たちが埋葬された場所なのである。

そういえばパリの墓地はどこもとても美しくて、ゆっくり散策することができる。ペール＝ラシェーズ墓地には、アベラールとエロイーズやジム・モリソンの墓のほかにも、たとえば、一八七〇年にボナパルト公に暗殺されたジャーナリストのヴィクトール・ノワールの墓もある。この男の横臥像は、界隈の女性たちの信心の対象となっている。子供を授かりたい女性が、ズボンのふくらみの部分にさわるのである。パッシー墓地では、『日記』によって後世に名を残すこととなった、愛らしいロシア女性マリ・バシュキルツェフの墓石が、一八八〇年風に、彼女の写真、絵画、胸像も添えて、立てられている。さながらサロンである。

こうした風変わりな墓の数々が、ずっと、わたしの気晴らしともなってきた。けれども今では、とりわけモンパルナスがそうなのだが、そこに行って、あまりにたくさんの友人たちとの再会をはたす墓地がふえてきた。

閉鎖されて、歴史のなかに埋もれていった首都パリの名高い売春宿の名前も、数年前までは、口先にのぼったものだ――〈スファンクス〉、〈ワン・ツー・ツー〉、〈シャバネ〉などなど。

いくらパリを愛して、そのすみずみまで探索したとはいっても、われわれのパリの愛情地理学のなかには、つねに欠けたところが、白いままの部分が残ってしまう。わたしはソルボンヌの学生ではなかったせいで、何世代にもわたって、学生たちが足しげく訪れたリュクサンブール公園は行きそこなっている。わたしにとっては相変わらず「未知の土地」、くつろげない場所なのである。

「ボ＝ザール（国立美術学校）」界隈の話をしよう。サン＝ジェルマン＝デ＝プレ教会の裏のフュルスタンベルク広場ではドラクロワのアトリエが小さなミュゼになっている。その昔は、この芸術家が撮影した写真を。ものすごく安く買うことができた（ドラクロワは写真術の信奉者として知られている）。オデオン通りに行けば、版画商で、ピラネージの〈牢獄〉シリーズが、二束三文で見つかった。もっとも、それでも当時のわたしには高すぎたのだが。

　ずっと以前から、わたしの頭のなかでは、パリの通りはアリスティード・ブリュアンのシャンソンと結びついてきた。《夜のモンマルトル、月明かりの下、ぼくは黒猫のあたりで幸運を追い求める。》サン＝ヴァンサン通りと、デ・ソール通りを帰っていく、若くて美人なのに、不幸な女。それから、あんなにお人好しで、優しくて、みんなに好かれている〈ニニ＝ポー＝ドシャン〉のバスチーユ。そして、ギロチンの穴に首を突っこむロケット監獄よ。

それからまた、とくにいっておかなければいけないのは、パリは文学的な足跡に事欠かないことだ。

ボードレールがパリで住んだという、三〇個所ほどの住居をたどろうとすれば、疲労困憊するだろう。ところが、ジェラール・ド・ネルヴァルはどうかといえば、たったひとつの場所に出没したのである。それは彼が首をくくった今はなきヴィエイユ＝ランテルヌ通り――「黒くて白い」冬の晩であった。どうやら市立劇場のプロンプターボックスあたりが、ちょうどネルヴァルが首を吊った鉄柵のあった場所であるらしい。ボードレールによれば、「彼はだれにも迷惑をかけることなく、目立たぬように――その控えめさが侮蔑にも似るほどにまで、目立たぬようにして――、彼が見出すことのできた、もっとも暗い通りへと向かって、その魂を解放した」という。一九世紀中を見渡しても、ジェラール・ド・ネルヴァルほど感じのよい人間はいないのではないのか。同時代のウージェーヌ・ド・ミルクールは、彼のことを、「率直にして誠実な表情をしていて、そこには、この世でもまれなことに、善意、機知、繊細さ、純真さが現れていた」と述べている。このことが、彼にはなんの役に立ったというのだ？　凍てつく夜に、料理用エプロンの紐を使って、首をくくり、マクシム・デュ・カンが実見したところでは、「鉛のふたの上に、裸で横たわり」、死体公示所《モルグ》でその人生を終えるしかなかったのである。

ゴブラン地区に住んでいたころ、わたしは、かわいそうなことに、地下にもぐらされて、ありきたりの下水溝となってしまったものの、それでも詩的なところのある、ビエーヴル川の流れを、心のなかでたどったものだ。ビエーヴル川とは、ビーバーの川という意味である。作家たちはしばしば、この川に言及している。わたしが思い浮かべるのは、この地区で物語が展開される、ヴィクトル・ユゴーの『レ・ミゼラブル』のいくつかの情景にほかならない。また、散歩でロダン美術館に行くときには、ライナー・マリア・リルケのことに思いをはせずにはいられない。ルールメル通りに住んでいた折には、ヘンリー・ミラーが最初に書いた作品のタイトルが『ルールメル通りにかかる霧』であったということが、どうしても心から離れなかった。

文学的パリ……パリのあちこちをあれほどさすらったあげくに、この通りこそ、自分の決定的なすみかになるようにと思った、バック通りから、このわたしが離れるわけがないではないか。この通りのセーヌ河沿いの一番地は、アレクサンドル・デュマの小説によって不滅の存在となった名高い近衛騎兵ダルタニャンの屋敷があったところだ。この通りの、反対の端まで行くと、エミール・ゾラの小説『オ・ボヌール・デ・ダーム』のモデルとなったデパート〈ボン・マルシェ〉がある。そしてボードレールは、この間で子供時代を過ごしている。通りを下って行けば、マルロー、スタール夫人、ロマン・ギャリ、ジャック・プレヴェールが住んでいたし、シャトーブリアンは二七番地、四二番地で暮らし、一二〇番地で死んでいる。隣人として、これ以上のメンバーは望めないような気がする。

スタンダールを忘れるところだった。彼は一八〇二年四月一五日にパリに上京し、バック通りと現在のポール゠ルイ゠クーリエ通りの角の建物の屋根裏部屋に居を構えた。やがて彼は『日記』に、こう書くことになる。

「実り月《フリュクティドール》このかた、ぼくはR夫人とやっている。」

ベールは、粗野になりたかったのだし、おそらくは、夢見る娘のアデルを征服する一方で、試していた、年増のマグドレーヌ・ルビュフェルのような色気を感じさせる、「実り月《フリュクティドール》」という肉感的なことばのせいで、詩的になっているのだ。

これはたぶん、ある種のマゾヒズムだとも思うのだけれど、残りの人生を、どこか別の場所で過ごせるのではないのかと想像してみることも、たまにある。ニューヨーク？　トスカナ地方のルッカ？　ヴェネツィアのラグーナに浮かぶ小島で、色とりどりの漁師の家が建ちならぶ、ブラーノ島はどうだろうか？　いやいや、やはり結局はパリだ。マリー・

ローランサンの扇のために書いた、スフロ通りの「ロマンス」のなかで、ヴァレリー・ラルボーがこう書いている。「われわれの人生はいずれも、パリのなかをぐるぐると回ったり、ジグザグに進んだりする、小さな旅ということになるのだろう」と。このささやかな書物でお見せするのは、まさにこのようなものにほかならない。

**ホフマンスタールの物語**は、「バソンピエール元帥の体験」を指す。『チャンドス卿の手紙・アンドレアス』（川村二郎訳・講談社文芸文庫、所収）

「**マクレル島**」のmaquerelleは「売春宿のおかみ」の意。グルニエの短篇「フラゴナールの婚約者」に、フィリップが連れにこの話をする場面がある。ペール＝ラシェーズ墓地にあるヴィクトワール・ノワールの墓の前では、やはりこの逸話を語っている。

「**黒くて白い**」は、ネルヴァルが自殺した晩、叔母に書き残した文言より。ボードレールの引用は「エドガー・ポー、その生涯と作品」より。

革命暦の**フリュクティドール**は第一二月で、現行暦だと八月一八日（一九日）から九月一六日（一七日）に当たる。

## マザリーヌ通り二一番地

父親のアンドレ・グルニエは、一八八六年六月二九日、マザリーヌ通りで生まれた。その建物には数年前まで、界隈の知識人たちがよく出入りしたレストランの〈ラ・カフティエール〉があった。アンドレの父のジョゼフ・グルニエは、クロワ＝デ＝プティ＝シャン通りにあった《レ・プティット・ザフィッシュ》という求人・求職紙で、印刷部門の職工長をしていた。職場に行くには、橋を渡ればすぐだったが、橋の欄干は、もちろんまだ恋人たちがとりつけた南京錠でおおわれてはいなかった。

**ポン＝デザールの欄干**の金網に、カップルが南京錠をとりつけ、かけた鍵をセーヌに投げ込むことが二〇〇八年頃から流行。荷重に耐えられない危険のため、二〇一五年六月に金網を撤去して、欄干が付け替えられた。

## ストラスブール大通り四三番地

それから、ジョゼフ・グルニエは独立して、ストラスブール大通りのパサージュ・ブラディの近くで、印刷所を始めた。その後、彼は、一〇区のピエール゠ショーソン通り六番地に住むことになる。

## フランドル通り一三七番地

わが母アンドレ・カルメルは、一八八七年一二月一日にラングドック地方で生まれているが、一三歳のときに、伯母にあたるマリー・リーヴが育てることとなって、パリに送り出され、フランドル通りでその伯母とともに住んだ。アンドレの代父であるリーヴ伯父は、そこで光学機器の店をしており、市場で眼鏡を売ったりもしていた。一九〇〇年のことである。

リーヴ伯父の眼鏡店がどこにあったのかを探していて、わたしは偶然、このフランドル通りの四四番地に、工房とガレージに隠れるようにして、ポルトガル系ユダヤ人の古い墓地があるのを見つけた。墓地は一七八〇年から一八一〇年まで使われていた。縦が三五メートル、横が一〇メートルで、墓も二八基しかない。それでも、どうしてもプラハの有名なユダヤ人墓地を思い浮かべてしまうのである。

**フランドル通り**（rue de Flandre）は、一九九四年にフランドル大通り（avenue de Flandre）と改称。

## パストゥレル通り一三〜一五番地

で、マリー・リーヴのほうはといえば、パストゥレル（田園詩）通りという優雅な名前の道にあった眼鏡などの問屋で働いていた。それは、眼鏡などの光学機器を扱うこの会社だけが占めているといってもおかしくない、小さな通りだった。ジョバール商会は、マレー地区のほとんどの建物と同じく、うらぶれた古い建物のなかにあって、中庭に作業場が作られていた。社長はジョバール氏といったが、息子のロベール・ジョバールがおめでたい人間で、顧客との関係でへまばかりしでかしていたこともあって、このジョバールという姓が、よく冗談の種となっていた。少女のアンドレが、ひとりぼっちで、フランドル通りの家で一日中めそめそしていることのないように、伯母はアンドレを会社に連れて行った。こうしてアンドレも、眼鏡などを扱う仕事を覚えたのだ。

ジョバール（jobard）は「すぐだまされる」という意味。

## ポワソニエール通り三番地

理由やいきさつは不明だが、母方の一家、つまり、アンドレ、その両親、アンドレの兄と二人の姉妹は、ポワソニエール通り三番地で暮らすこととなった。母の父親のジェルマン・カルメルは、長いこと行方しれずであったが、ようやく家に戻ったのだ。これは、わが家族の代々の物語のなかでも、もっとも謎めいたことがらといえる。セヴェンヌ山脈の支脈が迫る、エロー県北部の寒村でブドウの栽培をしていたジェルマン・カルメルは、とある女優と駆け落ちしてしまったらしい。とはいえ、はたしてどこで、女優を見初めたというのか？　ともかく、彼が失踪し、子供たちが、さしずめ孤児院のような教会関係の寄宿舎に入れられて、とても病弱であったわたしの母だけが、パリの伯母のところに送られたということは、まちがいない。この件については、これ以上はわかりそうもない。

## ボンヌ＝ヌーヴェル大通り三九番地

グラン・ブールヴァールを歩いていて、〈カフェ・プレヴォー〉——現在はショセ＝ダンタン通りに移転している——の前を通ると、このカフェの名物がココアで、わたしの母が若い頃に、アンビギュ劇場でなにかメロドラマを観てから、このカフェに行くのが大好きだったことを思い出す。劇場の窓口係のひとりが友だちで、よく優待券をくれたのだ。また同時に、プルーストのなかで、オデットが、〈プレヴォー〉に行ってココアを飲んでいると、スワンに伝言していたことなんかも思い出す。もちろん、〈プレヴォー〉に行くというのは嘘で、これが嫉妬心を引き起こすのである。

そういえば、ボルドーにも〈プレヴォー〉というチョコレート屋があって、ポーに住んでいた頃には、このアキテーヌ地方の首都に用事があるときには、パリのプレヴォーを偲んで、かならずその店に入ったものである。

**アンビギュ劇場**（正式名は「アンビギュ＝コミック」）は、大衆演劇のメッカであったが、現存しない。
階段の踊り場で給仕頭に呼び止められて伝言を聞いたスワンは、馬車に乗って渋滞のなかを**プレヴォー**の店に向かう。（「スワンの恋」）

## サン＝マルタン通り二一八番地

アンドレ・グルニエとアンドレ・カルメルは、一九〇八年五月二三日、パリ二区の区役所とノートル＝ダム＝ド＝ボンヌ＝ヌーヴェル教会で、結婚式を挙げた。二人は、父が一時会計係として働いていたジョバール商会で知り合った。アンドレはリーヴ伯母にずいぶんと気に入られていたものの、その後仲たがいしてしまった。結婚披露宴は、グラン・ブールヴァールの〈ポッカルディ〉でおこなわれた。父アンドレは、軽はずみにも軍に志願して、三年間ウール県のベルネーで兵士として勤務したのち、一九〇九年六月に軍務を離れた。この若いカップルは、サン＝マルタン通り二一八番地に部屋を借りた。そして一九一〇年一月、息子のガブリエルが誕生しているが、まだ乳飲み子の四月には死んでしまう。

〈ポッカルディ〉は、当時の有名なイタリアン・レストラン。

## ランビュトー通り一六番地

一九一一年、夫のアンドレは、金の鋳造をてがける〈マレ・エ・ボナン社〉で会計担当の職を見つけるのだが、若妻のアンドレも、ランビュトー通り一六番地で、小さな眼鏡店を開業している。アルシーヴ通りのすぐ近くで、現在の〈レ・カイエ・ド・コレット〉という感じのいい書店の、ほぼ真向かいであった。店は小さくて、昔は、管理人の部屋であったにちがいなくて、店の入り口が、建物に入る通路にあった。通りに面した窓がショーウィンドー代わりで、そこから客の応対をすることも時には見られた。眼鏡店の女主人は白衣を着ている。母には、ものを売る才能が並外れてあった。いまも店は残ってはいるものの、眼鏡店ではない。一人の日本人女性がレース製品を売っていたことがあるのを、特に覚えている。

眼鏡店の女主人とその亭主は、同じ建物にアパルトマンを見つけて、暮らしていた。

## フラン＝ブルジョワ通り二三番地

やがてグルニエ夫妻はランビュトー通りのアパルトマンを出て、ヴォージュ広場から遠くない、フラン＝ブルジョワ通りの二三番地、セヴィニェ通りとの角に居を定める。そして一九一四年に女の子を授かるも、死産であった。

夫アンドレが出征しているあいだ、妻の健康状態には不安が生じていた。パリを離れないと、死ぬかもしれないといわれたようだ。そこで一九一六年、彼女はランビュトー通りの店を売って、カーンでまた眼鏡店を始める。

作者ロジェ・グルニエは、このカーンで一九一九年九月一九日に生まれることになる。

## メニルモンタン大通り六四番地

それからは、われわれがパリに来たときに付き合うのは、もっぱらマリオン一家とギャラン一家となった。マリオン家は、ストラスブール大通りの、ジョゼフ・グルニエの印刷所のとなりで、靴屋をしていた。そこの息子のリュシアンが、アンドレ・グルニエの幼なじみだったのである。マリオン夫人のアニタは、わたしの代母である。この靴屋はいまではストラスブール大通りにはなくて、メニルモンタン大通りに移転してしまった。ガンベッタ大通りとの角に近く、ペール゠ラシェーズ墓地は目と鼻の先である。

話によると、まだ三歳にもならないわたしは、この靴屋さんの木の床の上で、車のおもちゃで遊んでいて、店の女店員に向かって、どうやら「高級娼婦ちゃん」と呼びかけていたらしい。

ほかの時も、パリに来ているわたしが手に負えなくなると、代母のマリオン夫人に、「ペール゠ラシェーズ墓地に散歩にでも行きなさい。ずっと墓地にいるがいいわ！」といわれた。

マリオン夫人は第二次大戦中に亡くなり、わたしがいつも「パパ・マリオン」と呼んでいたマリオンさんは寝たきりになった。店は息子で、わたしの父の幼なじみのリュシアンが仕切っていたが、彼は感じの悪い人物で、親にいろいろと心配やら心痛やらをかけてきた。その彼がいまでは対独協力者となり、闇取引をしていたのだが、抜け目のない男で、レジスタンス活動家たちに靴をあげたりしていた。おかげで、彼はなんのおとがめもなしですんだ。わたしは時々、いやいやながら彼に会いに行った。空腹で死にそうだったし、彼の食卓は盛りだくさんだったからである。

## ヴィエイユ＝デュ＝タンプル通り

地方の人間となったわれわれ一家にとっての、パリでのもうひとつの身の寄せどころが、ヴィエイユ＝デュ＝タンプル通りのアドルフとセシルのギャラン夫婦のアパルトマンだった。セシルは、わたしの父のいとこで、身寄りがなかったために、二人はまるで兄妹のようにいっしょに育てられたのである。夫婦にはレーモンという息子がいたが、わたしよりも六歳年上で、理系のクラスの秀才だった。このアパルトマンと、この家族の最初の思い出は、レーモンがビー玉を飲み込んでしまった日にまでさかのぼる。大事件で、両親は気も狂わんばかりだった。

それから何年かたった一九三一年、わたしは「植民地博覧会」のために上京した。レーモンに連れられて、何度も見に行った。アンコール寺院、アフリカ村、ドーメニル湖と、夜の極彩色の噴水など。レーモンは、小さなコダック・カメラを肌身離さず持っていた。そして写真を撮影するたびに、時間、絞り、露出をメモしていた。家族全員が、こうした几帳面さにかかっていた。彼らは食事の重さを量っているという人もいた。

一九三六年、わたしはレーモンの結婚式に出るために、またパリに来た。この機会にと、わたしはワルツを踊ることを覚えて、サン＝タンドレ＝デ＝ザール通りにある有名な貸衣装店〈コール・ド・シャッス〉でタキシードを借りた。

わたしはギャラン一家のアパルトマンから、マリオン靴店まで、つまり、ヴィエイユ＝デュ＝タンプル通りから、共和国広場を通って、メニルモンタン大通りまで、ひとりで行けるようになっていた。それがわたしの知っているパリのすべてなのだった。

〈コール・ド・シャッス〉は、現在はリュクサンブール公園の北側、コンデ通りにある。

## シャノワネッス通り一六番地

ポーで眼鏡店をしていた両親には、有名な顧客がいた。フランス学士院の会員で、『宗教的感情の文学史』という大著の作者であり、それ以上に、「純粋詩」理論を考案したことで知られるブレモン神父が、ベアルヌ地方で毎冬を過ごしていたのだが、眼鏡や鼻眼鏡を注文して、パリの住所に送らせていたのだ。男性の聖職者なのに、パリの住所がシャノワネッス通りだというから、驚くほかなかった。それはノートル＝ダム大聖堂のかたわらにある小さな通りである。

ブレモン神父は、くすんだ色のマホガニーのショーウィンドーがあるこの店は、スピノザの店に似ていると、わたしの母に向かって言い張るのだった。愚見によるならば、これは理屈が通らない。というのも、とある愉快な詩にあるごとく、スピノザが「眼鏡のレンズを磨いていた」としても、彼は眼鏡屋という仕事をするような店など一度も所有していたことはないのだから。

店の著名な顧客が亡くなってから、二年も経たないうちに、リセでは、小論文の課題にアンリ・ブレモン神父の「純粋詩」が出された。

話はこれで終わりではない。戦後、わたしはパリで暮らすことになったわけだが、友人のジャン゠ピエール・ヴィヴェと妻のエヴリーヌが、かつてブレモン神父が住んだシャノワネッス通りのアパルトマンに入居したのだ。そのあいだには、シャルル・デュ・ボスという知名人も、このアパルトマンの住人であった。

シャノワネッス（chanoinesse）は「盛式修道女」のこと。

## ポルト・マイヨ

わたしよりもかなり年上の本いとこであるリュシエンヌは、トラム（市電）の運転手のリュシアン・デランジェと結婚していた。夫婦はブゾンに住んでいて、亭主はまさにこのブゾンとポルト・マイヨを結ぶトラムを運転していた。わたしも、このトラムに乗って、彼のわきに立って、加速やブレーキなど、その動作を観察することがあった。その後、彼はバスを運転することになった。そしてすごく疲れているときも、各停留所にある番号札販売機に、番号札を補充しなくてはいけなかった。バスの車掌がデッキから番号を呼んで、その客を乗せ、満員になると、発車のベルを鳴らす。残念ながら、残された客は、そのまま置き去りになるのであった。

# クールティ通り八番地

一九四三年の七月二五日と二六日、わたしはパリに行っていた。この短い旅の目的のひとつは、マルセル・アシャールと会って、彼がわたしを秘書として雇うつもりがいまもあるのか、それとも、このことはすっかりあきらめてしまったのかを聞いてみることだった。秘書の話は一九三九年に持ち上がっていたのだが、戦争のせいでそのままになっていたのである。（われわれの付き合いは、ジュリエットがマルセルと結婚する前に、ポーでわが家と同じ建物に住んでいたという縁による。）マルセルとジュリエット、それに愛犬のガマンも忘れてはいけないが、彼らはクールティ通りに住んでいた。この短い通りが、サン＝ジェルマン大通りの端にあったことは知っていた。けれども、わたしはどちらの端か勘違いしてしまった。アール＝オ＝ヴァン（ワイン市場）の方、つまり東端に出てしまい、この大通りを徒歩で端から端まで歩く羽目となった――モーベール、サン＝ミシェル、オデオン、サン＝ジェルマン＝デ＝プレ、ラスパーユ、ベルシャッス、ユニヴェルシテ、リール……そしてやっと、クールティ通りにたどり着いた。アシャール夫妻は相変わらず親しく迎えてくれたものの、わたしを必要とはしていなかった。

## バンキエ通り三三番地の二

一九四三年、わたしは母と妹とタルブに暮らしていたのだが、そこでわが一家は、ベルトとツェルマン・ウトケスという亡命者夫婦と非常に親しくなった。そして七月にパリに行ったときには、ゴブラン駅に近い、バンキエ通り三三番地の二の、彼らのところに泊まってよいといわれた。彼らはパリのアパルトマンのことをとても心配していたから、なにか問題がないか、この機会に確かめてほしかったのだ。「メトロの駅はカンポ・フォルミオなの。毎晩のようにモンパルナスに行ったわ。〈ドーム〉とか〈ロトンド〉にね」、ベルトは何度もこう話すのだった。ツェルマンはイスパノ社の技術者だったが、画家・彫刻家でもあった。まるでサルトルの短篇のように、小さなアパルトマンのなかは彫像であふれていた。正直なところ、ずいぶんずんぐりした、ソヴィエト風のスタイルの彫像ばかりだった。わたしはそのひとつに衣類をかけた。夫妻は自然回帰主義者《ナチュリスト》で、ベッドのマットレスは、木の板に替えられていたから、それに慣れなくてはいけなかった。その数か月後、わたしは最終的にパリに来ることになった。このときも、またここに住んだものの、それは悲劇的な終わりを迎えることとなった。

タルブでは危険な状況となっていたから、わたしは離れることを決心したのだった。パリに行くために、どんな口実を引き合いに出したのか、もう覚えてはいないものの、一九四三年一一月三〇日、わたしはパリに着いた。この日以後、わたしは完全にパリっ子なのである。

このバンキエ通りから、パリの中心に行くには、ゴブラン大通りを下ってメトロに乗るか、サン＝マルセル大通りを通って、二七番のバスの停留所まで出る必要があった。

**イスパノ・スイザ**はバルセロナで創業され、フランスに工場を設けた自動車メーカー。

**サルトルの短篇**とは、短篇集『壁』（一九三九年）に収められた「部屋」のこと。

**悲劇的な終わり**については、後出の「オーベール通り一六番地」を参照。

## ポトー通り二四番地

首都パリに着いて急を要すると思われたことのひとつは、軍隊仲間のシュミュッツと再会することだった。パリでの生活をあれこれ話しては、われわれを驚かせてくれた奴だった。既婚で、ビジネスをしていて、ナイトクラブによく行くとか話していた。しかも、モンマルトルに住んでいるという。ポトー通りの住所も教えてくれた。わたしは、それは正確にいうとモンマルトルではないことに気づいた。むしろ、モンマルトルの丘の下で、それも北側の斜面なのだった。

わたしは管理人に、こう聞いた。

「シュミュッツさんの部屋は？」

「五階だよ。でも、いまはいない。仕事に行ってる」

「彼のオフィスがどこだか、教えてくれませんか」

「オフィスだって？　あいつは輪タクの運ちゃんだよ」

グルニエは一九四一年に、マルセーユやアルジェリアで軍務に服していたことがある。

## オーベール通り一六番地

その年の暮れに、わたしは仕事を見つけた。パリ九区、オーベール通り一六番地にある、「工業製品割り当て中央事務所、完成品ならびに諸材料部門、ガラス課」（以下、ＯＣＲＰＩ）の文書係である。

大小の瓶類を必要としている企業に、良い素材を引き渡すのが仕事だった。

所長との暗黙の合意のもとに、われわれはドイツ軍のために働いている会社からの注文については、納入を引き延ばした。そのために、わたしがまだ用意してない引換券を要求しに人がやってくることになった。わたしは、とても上品で、完璧な化粧をした、大変な美女と対面した。まだ引換券ができていないから、また来てほしいと、彼女に説明した。彼女にすっかり夢中になって、わたしは少なくとも、その後二度、この美女を来させたのである。彼女は不満をもらしたが、そのせいで、さらに美しいのであった。その次のとき、守衛が来訪を告げた。わたしはうきうきしながら受付に駆けつけた。ところがそこには、彼女の姿はなかった。ゲシュタポが二人待ちかまえていて、サボタージュだというのだった。もう少しでわたしは、連行されるところだった。

　とはいえ、そんなのは滑稽な事件にすぎない。この新たな人生が始まって間もない、一月四日に、ベルトとツェルマンのウトケス夫妻は、トゥールーズのゲシュタポの命令により、タルブで逮捕されたのである。一八日の昼、わたしがバンキエ通りに帰宅すると、管理人の女性に、「けさ、ゲシュタポが来ましたよ。午後、また来てアパルトマンに封印をほどこすようです」と告げられた。わたしは、いまから三人の友人に電話する、そして、できるかぎりのものをよそに移すつもりだと答えた。彼女はそれを許さなかった。わたしはこの女が、不愉快な感じのこのスイス女性が、ドイツ軍に、このアパルトマンのことを密告したのではないのかと思った。わたしは自分の荷物をまとめるため、部屋に上がった。流しで、書簡類や若干の書類を燃やして、その灰をトイレから流した。救い出せたのは、写真がいっぱい入った金属製の小さなシガレットケースだけだった。ささいな物ではあったが、この小さな箱には、ロシア、ポーランド、エジプト、そしてパリと、幸せな日々のなかに、ベルトとツェルマンの青春時代からの人生が詰まっていた。

　トゥールーズ、ドランシー、アウシュヴィッツと移されたベルトとツェルマンは、二度と戻っては来なかった。

トゥールーズ南方と、パリの北のドランシーには、大戦中、ユダヤ人などの収容所があった。

## ムーラン＝ヴェール通り五一番地の二

今度は友人のカシニョールとコレットのロートシルド夫婦が、アレジア教会に近い、ムーラン＝ヴェール通りのアパルトマンに、わたしを迎え入れてくれた。コレットは当時まだ、マドレーヌ・ヴェルドゥーを名乗る数学教師で、一九三九年、彼女がリセ・モンテーニュの教師をしていたボルドーで知り合った。わたしはそこで代用教員をしていたのだ。（彼女が当時は珍しかったライカのカメラを持っていて、写真に対する情熱が、われわれ二人を近づけたことは、わたしは物語にしている。）クレルモン＝フェランで再会した彼女は、ローラン・シュヴァルツのような、オーヴェルニュ地方に隠れていたパリの錚々たる知識人たちを紹介してくれた。わたしは、本をつっかいにした狭い長椅子に寝ていた。マドとカシは――みんな二人のことをこう呼んでいた――、わたしと同時に、クレルモン＝フェランでの知り合いをもう一人住まわせていた。それは哲学者のジャン＝トゥーサン・ドサンティで、われわれは「トゥキ」と呼んでいた。

その年の三月にスキーで肋骨を折ったときにも、また、マドとカシが泊めてくれた。満員の夜行汽車で立ったまま、大変につらい一晩を過ごしてパリに戻ったわたしは、第一次大戦中に、わたしの母親に惚れていたことのある、年寄りの医者に診察してもらった。たぶん母を心配させたくなくて、彼はわたしになんでもないからと告げた。でも、相変わらず痛いので、わたしは、モンマルトル墓地の下にあるブルトノー病院でインターンをしている友人のところに行った。びっくり仰天させようとして、彼はわたしを、自分が次々と虫垂炎のオペをしている手術室に連れて行った。わたしは思わず、気を失いかけた。そして、やっとレントゲン写真を撮ってくれた。肋骨は本当に折れていた。

よくよく考えてみると、一人のキリスト教徒（わたし）が、一人のユダヤ教徒の女性（コレット）のところに逃げ込むというのも、すごいことだった。

## ヴィクトール＝クーザン通り一番地

前述のＯＣＲＰＩで働きながら、わたしはソルボンヌに通い、バシュラールの指導のもと、「ボードレールの詩における時間の問題」のテーマで「高等教育修了証（ＤＥＳ）」を獲得しようとした。文学と哲学の両方にまたがる研究が、自分には合っていたのだ。バシュラールの個性的な容姿、ｒの音を、まるで小石でも転がすような巻き舌で発音する、そのことばのなまり、知性と善意において比類なき人間であった彼については、わたしはすでに別の著作で語っている。

**別の著作。** Roger Grenier, 《Un diplôme avec Bachelard》, in *Instantanés II*, Gallimard, 2014, pp. 13-16. その中でグルニエは、バシュラールの著作を大好きだったのでソルボンヌに会いに行ったと書いている。バシュラールは「（占領下の）今でも学生たちとカフェに行く最後の先生だ」と言われていた。

## ムフタール通り

わたしはムフタール通りの空き地であった小規模なノミの市で、地面にころがっていた『異邦人』を、すでに見つけていた。ドサンティに聞いてみた。「このカミュとはだれなんですか?」と。「フランスの解放後に備えて、新聞発刊の準備をしている男なんだ」と彼は答えた。

## ルメルシエ通り一四番地

二月、クリシー広場の裏にあるルメルシエ通りのホテルの一室を借りた。オーベール通りの仕事場に行くのに、便利だからだ。ホテルを出て、一八五九年から一八六四年にかけて、「できるだけ、落ちこんで」いたこの時期に、〈オテル・ド・ディエップ〉に泊まっていたボードレールのことを考えながら、アムステルダム通りを下れば、すぐなのだ。ホテルのほぼ反対側にある古本屋で、プレイヤード版のボードレールの初版を見つけた。闇市の価格がついていた。なにしろ戦時中だ。わたしは有り金をはたいて、この本を買い求めた。わたしの師にして、友人ともなるパスカル・ピアが「ブリュッセルの歳月」という贋作をまんまと収録していることを、後年になって発見したときにも、この本は、わたしにとってより貴重な存在になっていた。

ホテルは質素どころか、むしろ汚い感じで、いかがわしい通りに面していた。とはいえ各部屋には小さなガスコンロもあったから、ちょっとした自炊なら可能だった。わたしは、ほとんどわが唯一の食べ物であるオートミールを煮ては、食べていた。あの豪放なるヘンリー・ミラーがオートミールを称讃していることは、ここではあえて繰り返すことは控えたい。

四月二〇日、ラ・シャペル地区が空爆された。ルメルシエ通りのわれわれは、高みの見物というわけだった。戦争中、わたしが地下室に降りて避難したいと思ったのは、このときだけである。ただし、地下室はなかった。

プレイヤード版『ボードレール全集』の初版は一九三一年刊。「ブリュッセルの歳月 Années de Bruxelles」は、ピアの模作（パスティッシュ）で、ボードレール専門家の鼻を明かした。ピアは贋作・模作の名手で、ほかにアポリネールの詩などがある。

## フェート広場

パリに住んでいれば、自分が知って、好きになり、そして失われてしまったものを探して、人生を過ごすことができる。ビュット＝ショーモン公園の上のほうにある魅力的なフェート（お祭り）広場は、その名前からして見込みがあるわけだけれど、もはや存在しない。家はどれも取り壊されて、その跡には、監獄にも似た街区が造られた。かつての広場の形さえも失われてしまい、おかげで、その昔、優しい女友だちたちに会いに行った小さなアルメニア人学校の面影を見ることもできない。

この時期、つまり一九四四年の初めというのは、非常に騒然とした時期であったのだが、もう一人の女友だちが、パリの反対側、南のポルト・ド・ヴァンヴに住んでいた。だがこれは、また別の話ということになる。

**別の話、**については「フェート広場の家」（『フラゴナールの婚約者』）を参照。

## テルヌ大通り五三番地

大戦によって、わたしにはたまたまロベール・モノーという新たな友人ができた。軍隊での共通の友人を介して、われわれは友だちになったのだ。銀行家の息子のロベール・モノーは、アンリ＝マルタン大通りに住んでいたのだが、このことは、なぜだかわからないけれど、わたしの母の目からすると、最高にシックなことなのだった。ロベールはある日曜日、オーベルジャンヴィルの城館にも招いてくれた。T・E・ロレンスを知ったのも、彼のおかげである。われわれは現代のハムレットともいうべきこの人物に、長いこと熱を上げて、「死者の制服」、つまりわれわれが少し前まで着ていた軍服に関する、ロレンスの長広舌を暗唱したものだ。わたしがまだ地方にいた頃、ロベール・モノーは手紙で、パリの演劇シーンや文学活動について報告してくれた。それで、彼がレジスタンスでもなんらかの役割をはたしていることがわかったように思った。彼がルメルシエ通りのわたしのホテルまで、会いにやって来た。わたしは不在だったのだが、彼はわたしの住まいがどれほどみっともないところかを目の当たりにして、すごくショックを受けた様子だった。それがたぶん、わたしが四月末で部屋を解約するつもりになった、自分でも無意識の理由のひとつにちがいない。そして、もっとまともなホテルの部屋が見つかるまでのあいだ、アンドレ・マルクーのおかげで数日間だったか、彼のところに身を寄せた。アンドレはカトリック詩人で、常軌を逸した奇人であって、パリを脱出してタルブにいたときに、わたしの母と妹に好意をいだいていた。このアンドレ・マルクーは、わたしがアラゴンを当代の偉大な詩人だと考えていることを知って、驚いていた。彼にとってのアラゴンは、有象無象の若きシュールレアリストのままなのだった。わたしは彼に、ジャック・プレヴェールの「パリ＝フランス首脳晩餐会を記述する試み」を教えてやったら、この詩にすっかり夢中になった。

オーベルジャンヴィルは、パリの西郊、イヴリーヌ県の町。

## ローマ通り

そしてアンドレ・マルクーは、ローマ通りのヴィクトール・ジル宅でのパーティで、プレヴェールの「首脳晩餐会」を公開朗読した。大ショパン弾きとして高名なこのピアニストの自宅に連れて行ってくれたのだ。ヴィクトール・ジルによると、かのフランツ・リストが自分を膝の上に乗せてくれたのだという。また彼は、カメラマンたちを喜ばせようとして、サン＝ラザール駅の前によく立っている、口ひげを生やした有名な巡査の恋人だとの噂もあった。アンドレ・マルクーは、身ぶり手ぶりも豊かに朗誦したので、プレヴェールの詩は、すっかり一同の顰蹙《ひんしゅく》を買うこととなった。

　テルヌ大通りに面していたマルクーのアパルトマンに話を戻すと、そこの中庭の奥には小屋のような家があった。そこに《ヌーヴォー・タン》誌の編集主幹で、「占領下新聞・雑誌連盟」会長の、ジャン・リュシェールが住んでいた。彼はフランスの解放とともに死刑を宣告されて、銃殺された。《コンバ》紙の記者として、わたしは当時多くの裁判を傍聴したが、リュシェールの裁判はもっとも衝撃的なものだった。というのも、このリュシエールという男は別に悪人ではなくて、ただ単に食事と女が大好きな享楽的な人間としか思えなかったのだ。しかしながら、仮借なきレーモン・リンドン検事は、彼を執拗に責めたてたのだった。

## ポール＝ロワイヤル大通り八番地

今度は、ポール＝ロワイヤル大通りに入ったところの、とても快適なホテルを選ぶことができた。その後、五月にまたこのゴブラン地区に来て、長くとどまることになる。バンキエ通りの最初のすみか、そしてポール＝ロワイヤル大通りのホテルを経て、わたしはウドリー通りのステュディオに住むことになるのだ。当時、ゴブラン地区には、質素な中産階級が居住していた。日曜日になると人々が訪れるレストランが何軒かあったし、常連が週に一度は、その日を満喫できる映画館が数軒、それからサンシエの側には、〈族長たちの風呂〉という名前の浴場があった。それから、ビーバーの川であるビエーヴル川も流れている。この川は、ポテルヌ・デ・ププリエのところからパリに入ると、まもなく見えなくなり、下水道さながら地下にもぐってしまうのだ。そしてわれわれの地区の下を蛇行して進み、オーステルリッツ橋の近くで、セーヌ河に注ぐのである。

ドイツ軍占領時代の最後の数か月間、七階にあるわが部屋の窓からは、アメリカの爆撃機の集団が、東に飛行していく姿がしばしば見られた。ドイツ軍の高射砲が、これらを追撃する。ときおり命中して、爆撃機が墜落することもなくはなかったが、飛行連隊は、いささかも航路をそれることなく、飛び続けるのだった。

フランス解放の翌日、わたしは「アール＝オ＝ヴァン（ワイン市場）」がドイツ軍の落とす爆弾で、夜間、爆破されるのも見た。各地の都市を失うごとに、ドイツ軍は別れの挨拶代わりに、爆撃を捧げていくと噂されていた。

ポテルヌ・デ・ププリエは、直訳すれば「ポプラの木々の抜け道」で、イタリー門と大学都市の中間、一三区に残る、ティエール城塞の最後の一部。

## ロッシュシュアール大通り

ドイツ軍占領下にも、ロッシュシュアール大通りの大きなカフェには、ロベール・マンヴズィのアンティル・ジャズ・オーケストラが出演していた。ナチス・ドイツは、もちろんアメリカ音楽を禁じていた。残るのは、「フランス・ホット・クラブ」が演奏するレパートリーだったが、その後、うまくごまかすようにした。曲のタイトルを変えれば十分なのだった。たとえば、〈レディ・ビー・グッド〉は〈カールクリップ《レ・ビグルディ》〉となった。時が経つにつれて、聴衆も夢中になった。すぐに夜間外出禁止の時間が訪れる。すると、カフェ中が「タイガー・ラグ！　タイガー・ラグ！　タイガー・ラグ！」と叫び始める。カフェのオーナーは白ひげをたくわえていて、あの一枚の写真で後世に名を残したジャン・ジョレスさながらであったのだが、その彼がテーブルに乗ると、「これが禁じられているのは、みなさんもよくご存じですよね。罰金をくらってしまいます。閉店、閉店！」と叫ぶのだった。室内が静かになる。そして楽団が、なにか曲を始めると、すぐ、「タイガー・ラグ！

タイガー・ラグ！」で中断されてしまう。二度、三度と、オーナーがテーブルの上に乗る。そして楽団は根負けして、ついに「タイガー・ラグ！」をやり始める。毎晩、こんなふうだった。

「フランス・ホット・クラブHot Club de France」は、一九三四年、ギターのジャンゴ・ラインハルト、ヴァイオリンのステファン・グラッペリなどが結成したクインテット。

## トゥルヌフォール通り

わたしはトゥルヌフォール通りのレストラン〈ソランジュ〉によく行った。女主人のソランジュはでっぷりした体格で、客をどなりつけるようにしてあしらってはいたものの、いつも、おたまでポテトスープを余計にサービスしてくれた。まったく、異例のことなのだった。この店では、アーティストや画家たちも、けっこう見かけた。わたしはここで、昔の相棒のジョルジュ・パンシュニエとも出会った。少し前に、ロンドンから飛んで、パラシュートで降りたのだという。ソランジュには、ミミールという娘婿がいて、通りを降りたところの小さな広場で、もう少し高級なレストランを開いていた。ミミールの店の前には、修道院のような学生寮があって、学生が出入りする姿が見えた。もう少しあとの話だけれど、これもトゥルヌフォール通りの少し下のところで、奇妙な家に住んでいる画家のロジェ・シャプラン＝ミディと知り合った。彼は、自分の住んでいる建物は、バルザックのヴォケール館のモデルになったのだと断言していた。その中には井戸があって、カタコンブ（地下墓所）とつながっていた。

**ヴォケール館**はヴォケール夫人が経営する架空の賄い付き下宿屋。『ゴリオ爺さん』のラスティニャックを始めとする『人間喜劇』の登場人物が住んでいる。

## ヴェルムヌーズ通り一番地

トゥルヌフォール通りをさらに下りていくと、ヴェルムヌーズ通りにぶつかる。これはムフタール通りに抜ける小さな横道である。弁護士のピエール・スティッブとその伴侶のルネ・プラソンが、ここに住んでいた。わたしは彼とも、クレルモン＝フェランで知り合った。彼はＣＤＬＲ（Ceux de la Résistance「レジスタンスの人々」）というレジスタンス運動の指導者の一人だった。「デルソル」という暗号名を使っていたが、偽造書類はサン＝ベザールという名前だったから、われわれはいつもこのことを面白がっていた。スティッブは、かつてルイ・ジューヴェの秘書をしていたジャンヌ・マテューを紹介してくれた。彼女はとても魅力のある人間で、このジャンヌが、ＣＤＬＲでの、わたしの主な連絡員となった。スティッブは、ジョルジュ・アルトマンと会う約束も設定してくれた。ジョルジュは《フラン＝ティルール》紙を、将来は日刊紙にする予定で、スタッフを集めていたのである。

だが、ジョルジュ・アルトマンはヴェルムヌーズ通りにやって来なかった。直前に逮捕されたのだった。そして彼の代わりをつとめたのが、まだやっと二十歳の娘イレーヌだった。赤いスーツを着たイレーヌの姿が、いまでもまざまざと思い浮かぶ。「リヨンから来たのよ」、彼女はわたしにいった。

そして彼女は、こうも付け加えた。「わたし、アラゴンとエルザ・トリオレのところに住んでいるの。」田舎者のわたしが、ぽかんと口をあけていると、イレーヌが「二人とも、すごくいじわるなの」といった。わたしは、もう一度ぽかんとするしかなかった。

大変さいわいなことに、フレーヌ監獄に拘留されていたジョルジュ・アルトマンは、レジスタンス活動家の大部分と同じく、パリ解放の少し前に、不安になった看守たちの手で釈放された。それから間もなく、レオミュール通りで、わたしは彼とほとんど毎日のように顔を合わせることになった。《コンバ》紙と《フラン゠ティルール》紙の編集部はすぐ近くにあったのだ。われわれは親友になった。彼は、「ぼくは《フラン゠ティルール》紙を作っているけど、《コンバ》紙を読んでいるんだぜ」といっていた。そして、《コンバ》の最終校正刷りにざっと目を通しては、「これをごらんなさいよ。まだまだ乳臭いね。ロワイエ゠コラールみたいな書き方じゃないか」などというのだった。

**ヴェルムヌーズ通り**と訳したが、Square Vermenouze である。パリ市所有の建物の中庭を抜ける公道が一九三三年に通された。最初は Square des Écoles の名だった。じっさいは、トゥルヌフォール通りがロモン通りに変わってからぶつかる。

**ロワイエ゠コラール**みたいな、というのは「どうも煮え切らない」というニュアンスか。

## ソルフェリーノ通り一〇番地

一九四四年八月一六日。この日からは、パリ蜂起とその後の解放に至る日々をわたしがいかに生きたかを、記録しておく。なにも変更を加えてはいない。

メトロはもう動いていない。わたしはオフィスに徒歩で行く。橋の上で、ロベール・モノーにばったり会う。「きみはフィリップ・アンリオの処刑を見たかい？ われわれの人間たちがやったのだぞ」と、彼はいった。（フィリップ・アンリオというのは、ラジオで猛烈な弁舌をふるっている、あの男だ。マルセル・ドリアーム――その後、わたしは彼をよく知るようになったわけだが――が指揮するコマンドは、彼を殺すつもりなどなくて、誘拐して、アルジェかロンドンのラジオでしゃべらせようという意図だった。ところが、彼が抵抗して暴れたために、結局、発砲ということになってしまったのだ。）オフィスから帰るのに、わたしはテュイルリー庭園を抜けて、歩行者専用橋を渡り、ソルフェリーノ通りに出た。そして、親独義勇軍に守られた建物の前を通った。フィリップ・アンリオは、この建物で殺されたのだ。いまでは、社会党の本部になっている。親独義勇軍たちの前を通り過ぎながら、「わたしが知っていることを、彼らに知ってほしい」と思った。

**歩行者専用橋**とあるが、グルニエは六八ページでは「ソルフェリーノ橋 le pont de Solférino」と書いている。以前は自動車も通れた「ソルフェリーノ橋」が「歩行者専用橋」に掛け替えられたのは一九六〇年代初頭なので、グルニエの記憶が曖昧になっている可能性がある。なお、現在の歩行者専用橋はそれとも別物で一九九九年に完成し、二〇〇六年には、セネガル初代大統領の名前を記念して、「レオポルド・セダール・サンゴール橋」と改名されている。

## モンジュ広場

八月一七日。けさも、もちろん歩いてオフィスに行く。午後は、オフィスには戻らないだろう。ＯＣＲＰＩは閉鎖されると思う。午後二時にモンジュ広場で約束がある。ロベール・モノーとピエール・スティッブの会談を、二人に頼まれてセッティングしたのだ。会談の目的は、レジスタンスの二つのグループをつなぐことだった。モノーはＭＬＮ（Mouvement de Libération Nationale 国民解放運動）の代表だし、スティッブはＣＤＬＲの代表なのだ。やがてロベール・モノーと結婚することになるエリザベート・カントンが、スターのような衣装に、ブロンドの髪にサングラスと、いかにも目立つかっこうで同席している。彼女は、カントニンなどを製造しているリヨンの医薬品会社の相続人なのである。会見後、わたしはソランジュの店に食べに行った。

カントニン Quintonine は、疲労回復剤として人気を博したシロップ。

## サン＝ミシェル大通り

八月一八日金曜日、八時に出て、ムフタール市場の下の〈族長たちの風呂〉まで、シャワーを浴びに行く。通りに出て最初に見えたのは、ドイツの車だった。パン屋の前の行列は空前の長さで、買うのをあきらめる。そして、わたしはいい手を思いついた。朝、オフィスに行くときに、レ・アル（中央市場）を通っていけばいい。そこならまだ、ちょっとした食べ物が見つかる。

一〇時、エコール通りを曲がってサン＝ミシェル大通りに出ると、銃声が聞こえて、人々が駆けだした。動きを見守るのが得策だと考えて、わたしはソムラール通りまで走り、ある建物の正門のかげに身をひそめて、動静をうかがった。

どうやら、なんの理由もなくドイツ軍が群衆に発砲したらしい。ドイツ軍は、今度は本気で引き上げるのか、大急ぎで逃げ出した。

レジスタンスのびらがあちこちに貼られて、蜂起を呼びかけていた。

新聞はちがったが、印刷工たちがストライキに入り、病院もストライキ入りした。昨晩の大爆発は、ドイツ軍がガソリン倉庫を爆破したものだった。わたしはモノーと昼食をとることになった。たぶん、またなにか新たな動きがありそうだ。ドイツ軍はヴェルサイユにいるらしい。

　オフィスのボスが取り乱して、「われわれには、もはや政府もないのだから」と嘆いた。そして「彼の政府」なるものの話をして、わたしを笑わせた。昼のオペラ広場でモノーを待ったが、むだだった。恐慌を来して、あらゆる車がぐるぐる走り回るのを、ドイツ軍の憲兵がなんとか交通整理しようとするのだが、いくら叫んでも、だれも聞きはしない。ほとんどの車のステップに、武装した男が乗っていて、銃を構えている。わたしは自転車を借りると、猛スピードで、ヴェルムヌーズ通りのサン＝ベザールにこのことを知らせに行った。だが、ルネ・プラソンしかいなかった。それから、トゥルヌフォール通りのソランジュの店に昼食をしに行った。そこでばったりマドに会った。そして、モンジュ通りを抜けて行くと、その頃はめったになかったアイスクリームを買えた。バスチーユ広場、グラン・ブルヴァールを通って、オフィスに戻った。交通は完全に麻痺していた。ドイツ軍が撤退した建物を群衆が荒らし、缶詰や石炭などを求めて争っていた。フォーブール＝サン

＝ドニ通りでは、二軒の店が火事になった。

その晩、九時からは外出禁止である。

部屋の窓からわたしは、ドイツ軍の車両の列が通りすぎるのを見ていた。ポール＝ロワイヤル大通りには人っ子ひとりいない。遠くではまだ、爆発音が聞こえている。オデオン劇場の脇のコルネイユ通りでは、実際に戦闘があったのだ。

水道の蛇口をひねっても、水はちょろちょろとしか出ない。

## サン＝ジェルマン大通り

一九日土曜日。けさ、ついにパリ市民が蜂起した。市庁舎、裁判所、ノートル＝ダム大聖堂に、三色旗が掲げられた。車列をなして通りすぎていくドイツ軍が、これをみて驚いている。わたしは本能的に、いくつかの要所に足を向けてみたが、そこから他の地区に向かって、三色の記章が、窓からは旗が、ショーウィンドーにも小さな三色旗が、じわりじわりと広がっていった。わたしはモノーとスティッブに連絡をとることができず、ゴブランの自宅に戻った。この界隈には、まだ蜂起の興奮は達しておらず、わたしは愛用のカメラであるフォクトレンダーを手にした。このカメラは、父が遺産として残したすべてともいえた。わたしは市庁舎に引き返したのだが、コンコルドやグラン・ブールヴァールでドイツ軍が発砲していることを知って、群衆はすでにちりぢりになっていた。リヴォリ通りからピラミッド通りへと行くと、左岸から銃撃の音が聞こえてきた。わたしはロワイヤル橋を渡った。両脇に射撃態勢の兵士を乗せた、ドイツ軍の車両が走っていく。手榴弾を手にかまえて、極度に緊張した様子の大男が乗った軍用トラックが、また見えた。何本かの通りを、駆け抜けないといけなかった。ジャケットをはおってカメラを隠し、何枚かの写真を撮った。こうしてわたしは戦いのただ中に入りこんでいったのだが、その中心はサン＝ジェルマン大通りだった。別に意図してそうしたというよりも、ある通り、別の通りと進んでいかざるをえなくなって、結局、進退きわまってしまったのである。ベルシャッス通りとサン＝ジェルマン大通りの四つ角では、両手を挙げないと、だれも大通りを渡ることはできなかった。わたしはそこに戻って、撮影したいと思った。そのときには、ドイツ軍が撤退したばかりの、下院の建物のうしろにまで来ていたのである。そこで、ベルシャッス通りとサン＝ジェルマン大通りの交差点まで引き返した。静かで、もうだれも両手を挙げてはいなかった。サン＝ジェルマン大通りは、武器を手にした兵士や、ずらっと路上に並んだ機関銃、戦車であふれていた。あまりしり込みするのもよくないと思って、わたしはベルシャッス通りから一目散に逃げることはせず、いつのまにか大通りに入っていた。困ったけれど、コンコルド橋にたどり着けるのではと思っていた。ところが、その直後、ジャケットの下になにかがあるのを見た兵士に制止された。軽機関銃を突きつけられて、検査された。わたしは一斉検挙に備えてＯＣＲＰＩがくれた、ドイツ語の職業証明書のようなものを見せたが、兵士たちはぴんと来ないようだった。迷った末に、彼らはわたしのカメラを没収すると、立ち去らせた。そして戦車の砲塔にカメラをぶらさげた。わたしは、「写真が……高価な……」と抗議しようとした。だが、一人の曹長に問答無用だとばかりに、「行け！」といわれてしまった。わたしはコンコルド橋に向かって、大通りを歩いて行くしかなかった。どの建物の入口にも、何人もの兵士が銃を構えて立っていた。二〇メートルほど歩いたところで、さきほどわたしを制止した兵士がなにごとか叫び、向こう側の歩道にいる兵士も含めて、全員が銃口をわたしに向けた。わたしは両手を挙げた。またしても、身体検査である。ジャケットのポケットには、その日の朝、市庁舎前の広場で買い求めたところの、ロレーヌ十字のついた三色帽章を入れていたのだけれど、見つかることはなかったし、そもそもわたしも、そのことを忘れていた。銃口を背中に当てられたまま、わたしはじっとしていた。機関銃を手にした兵士が、わたしをぐっと押す。どこかに連行されるのだと思って、わたしは一歩前に歩いた。けれども、そうではなかったのだ。壁の前で、ゆっくり身体の向きを変えろというのだ。わたしは、これはもうだめだと確信した。そして、じっと注意を凝らしながらも、心の底では、自分はまだ人生でなにもしていないのに、「もう終わりか」と思い、腹立たしかった。いまにも起こるできごとを前にして、わたしが見ていたのは、死ではなく、生の終わりなのだった。

建物の戸口でこの場面を見ていた二人の老人が（いまとなっては、それがユニヴェルシテ通りとの角であったのか、あるいはリール通りとの角であったのか、覚えてはいない。後者だとすれば、この二人は、おそらくドイツ大使館の職員であったのではないのか）、ドイツ軍兵士に向かって、なにやら話し始めたが、ドイツ語なので、わたしには理解できなかった。またなにやら議論となり、道の反対側の歩道にいた兵士たちも呼ばれた。そして結局、急いで立ち去れと合図された。わたしには、立ち去っていいということが、あまりよく呑み込めなかった。不審をいだきながらも、わたしは、こうした状況では、これ以上ひどい危険はおかせないなと思った。指揮官らしきドイツ軍兵士が、合図を繰り返した。わたしは一歩、また一歩と、前に進んだ。それから、また呼び止められないか確かめるために、ふり返りながら、おそるおそるその場を立ち去った。

その後知ったのだが、サン＝ジェルマン大通りでは、わたしのような若者がもっともたくさん殺されたとのことであった。

わたしは自宅に帰りたかった。サン＝ジェルマン大通りの端からセーヌ河畔に出ると、ソルフェリーノ橋を渡って、リヴォリ通りまで寄り道した。ミント水を飲むため、カフェに入った。どうにも、のどの渇きをこらえきれなかった。カフェは閉店準備のさなかだった。一四時以降、外出禁止となっていたのだ。そこで、オデオン通りの友人アンドレ・ブラーヌに会いに行った。（またしても、あのいまいましいサン゠ジェルマン大通りを渡る必要があった！）そしてわれわれは一六時までいっしょにいて、それから外に出た。サン゠ジェルマン大通りでは、どの場所を通るにも、相変わらず熾烈な戦闘がおこなわれていた。若い検事のブラーヌは、わたしを、裁判所の裏の方に連れて行った。かなり苦労して、やっと中に入れた。司法警察の警察官でいっぱいで、彼らは窓越しに、川岸や橋の上を通過するドイツ軍の車両を銃撃していた。警官たちが、いっしょにいたらどうかと勧めたが、警官といっしょというのは、まったく気が進まなかった。われわれは、ずっと鳴りやまない銃声のなか、身を低くしてそこから逃れた。そしてゴブランのわたしのステュディオまで戻ったのだが（サン゠ジェルマンとサン゠ミシェルの大通りを越えるのに苦労した）、そこではすべてが静かだった。ポール゠ロワイヤル大通りで、一人殺されただけだという。サン゠ジェルマン大通り周辺の道に散らばったドイツ兵の死体と比較して、なんたる違いか。われわれは、最後のストックのツナ缶を食べた。それから、親独義勇軍の命令で閉められたものの、再開したバールで、酒を飲んだ。その後、モンジュ通りまで行き、アイスクリームを食べた。ブラーヌが市庁舎を見たいというので、サン＝ジェルマン大通りを、モンターニュ＝サント＝ジュヌヴィエーヴ通りから、やっとのことでまた越えた。だがセーヌ河岸は守りきれておらず、どの橋も渡れそうになかった。川岸の通りで、一斉射撃を避けて腹ばいになっていると、ジャン＝ルイ（CDLRのメンバーのジャック・ユトーのこと）に付き添われたスティッブとルネにばったり会った。銃弾の雨のなかを、われわれ五人は、とにかくどこかに逃げ込もうと、トゥルネル河岸通りの一軒の建物に向かった。管理人は、われわれをたたき出そうとした。だが、われわれは数珠つなぎになって進んだ。一台のサイドカーが、ゆっくりとわれわれとすれちがったが、後部に乗っていた男は自動小銃を構えていた。思わずわれわれは、目を見合わせたのだが、男は、「撃ってやろうか？」という目つきをしていた。

**ロレーヌ十字**は、横棒が二本の十字マークで、シャルル・ド・ゴール率いる「自由フランス」の象徴でもあった。

## サン＝ジャック通り三一番地

ＣＤＬＲは、サン＝ジャック通りの下のほうの三一番地に拠点を持っていた。スティッブは、そこを訪れる予定なのだった。すぐ近くなのに、たどり着くのにほぼ一時間を要した。この「司令部」は、教師をしているエテ姉妹という、二人の老嬢の自宅に置かれていた。ガソリンを積んだタンクローリーが炎上して、その火が、河岸のそばのその建物にまで達していた。戦闘は全体に広がっていた。消防士たちはレジスタンスの側に付いて、撃ち合っている。ぴたっと停止したドイツ軍の戦車が何台も、あらゆる方向から撃ってくる。わたしはスティッブと会えたし、レジスタンスと接触できてうれしかった。わたしにも腕章が渡されたが、番号はC515とあった。

夜になって、わたしとブラーヌには、サン＝ドミニック通りのスイス領事館まで行けとの指令が出されたものの、それは不可能だった。ドイツ軍に、包囲されて、一七区の庁舎に立てこもっているわれわれの仲間七〇人を殺したら、こちらも報復するということを伝えるのが任務だった。仕方なしに、われわれはスイス領事館にあったドイツ軍司令部に電話して、脅しをかけた。

サン＝ミシェル大通りはめちゃくちゃな状態で、窓ガラスはどこも割れていた。とりわけ〈ブラッスリー・デュポン〉がひどかった。戦闘の音が聞こえる。わたしはブラーヌのところに帰って寝た。パスタ料理を試してみた。

この日の晩がとても騒然としていたために、わたしは、朝、サン＝ジェルマン大通りで恐怖心におそわれたことも忘れていた。

どうやらドイツ軍は、パリのなかでは包囲されているらしい。したがって、彼らは徹底抗戦するのではないだろうか。時間がかかりそうだ。アメリカ軍がどこにいるのか、わからなかった。

## 市庁舎広場

八月二〇日、日曜日。早朝、わたしとブラーヌはサン＝ジャック通りの拠点に向かった。ＣＤＬＲの同志のほとんどは、レオ・アモンの指揮下、すでに夜明け前に出発していた。彼らは市庁舎を占拠せよとの指令を受けていた。われわれは一時、サン＝ジャック通りと市庁舎の連絡を担当した。一斉射撃が続いていた。橋を渡り、ノートル＝ダム大聖堂前の広場を突っ切らないといけない。大聖堂の正面は銃弾で蜂の巣のようになっていた。

連絡役の若い女性ジョー・マセがサン＝ジャック通りに到着した。暗号名「アラール」ことピエール・アルカンが署名した書類のおかげで、彼女はジャンティの警察署から、警官が運転する前輪駆動のシトロエンを一台と、パリ市内で起きていることを実地に見たがった武装警官を一名、連れてくることができた。もっとも、二人の警官はあまり熱心ではなくて、こわがっていた。ジョーとわたしが、二人の警官に、前に坐るよう命じた。ジョーは後部座席に座って、自転車を抱えた。そして、わたしは、前の右側のフェンダーに横たわったのだ。どうしてかといえば、たぶん、そのほうがいいからだ。こんなふうにして、前のフェンダーにだれかが横になっているシトロエン車が、何台も通るのである。

わたしが「われわれは市庁舎に行くのだ」というと、運転手は「でも、わたしは正式の書類は持ってませんよ」と答えた。最初の河岸を順調に通過した。車はスピードをゆるめ、ドイツ軍がいないかどうか、わたしはよく確かめた。けれども、ポン・ト・ドゥブル橋の上でパニックとなった運転手は、猛スピードで市庁舎まで突進した。われわれが市庁舎に着くと、一斉に銃撃が炸裂した。見張りについていた機動憲兵隊も、門を開けてくれないではないか！　最初の車の一台は、このようにして市庁舎に連行されたのだった。

市長室では、さまざまな人々の中央で、サン＝ベザールが君臨していた。まわりには、ルロンの店のドレスを着た女性たちや、ひげも剃らずに、拳銃を握りしめた連中がいた。車が通ると、窓という窓から一斉射撃である。車が何台も破壊され、建物の正面がめちゃくちゃになり、ガソリンや血の海があちこちにできて、死者が転がる状況を、わたしは一日中目にした。われわれも多くの命を失ったが、ドイツ軍のほうがはるかに多く、たぶん一〇倍にはなるだろう。若い連中がドイツ軍を捕まえて、殺すのをやめさせるのは非常にむずかしいことだった。わたしは一度は、ジャン＝ポール・サシといっしょに、リヴォリ通りで、なんとかそれを阻止しようと努めた。あわれなドイツ軍兵士が、廊下の奥に逃げ込んだ。われわれはその兵士を狩り出しに行ったのだが、拳銃を手にした彼に、解放するというべきだったのかもしれない。必死になって説得して、この捕虜を無事に市庁舎まで連行した。連行するあいだも、彼は走りながら、「殺さないでくれ！　殺さないでくれ！」と言い続けた。

　さて、市庁舎についてさらに話しておきたい。そこは大変なことになっていた。結局のところ、なんと一二〇〇人もの人間が集まっていたのだ。男も女も、各種の青年団、警官、ＧＭＲ、機動憲兵隊もいた。地下の物置には、市議会議長のテッタンジェ、警視総監のビュシエールといった人質がいた。至るところで、食糧やタバコや弾薬が配られていた。しかしわたしは、ＣＤＬＲを代表して、一八区まで出かける必要があった。危険をおかして、わたしはモンマルトルの区役所の庁舎に入ることができた。大混乱を呈していたが、徐々にてきぱきとことが運ぶようになった。われわれ、つまりパリ解放委員会はバルコニーに出た。熱狂した群衆を前にして、短い演説がおこなわれた。委員会の内部では、コミュニストと非コミュニストのあいだで諍いが生じているのを、わたしは感じた。それから、また市庁舎に戻るべく、わたしはそこを出た。建物の門から門へと、走ったり、はって進んだりと、なんだか永遠に市庁舎には着けないような気もした。リヴォリ通りの近くでは、ドイツ軍兵士が路上にいて、回廊まで入ってきて、書類を持ち、腕章をした、このわたしを見つけるのではという恐怖から、しばらく立ち止まるしかなかった。理屈の上では休戦状態とはいえ、それが守られるとはかぎらない。市庁舎に戻って、小休止してから、わたしはまた、受け持ちの一八区に徒歩で向かった。そこでは、パン配給チケットなどの雑談と、銃弾の飛びかう音が、奇妙なコントラストをなしていた。わたしの任務を引き継ぐ地元の男が見つかり（その後、その男はいんちきだと判明したのだが）、わたしは市庁舎に舞い戻った。今度は、マジャンタ大通りで戦車が発砲していた。ドイツのパンター戦車だ。ドイツ軍は、北駅の窓格子で、六人の警官を縛り首にしたという。

市庁舎で、わたしはサンドイッチを食べた。この二日間、サンドイッチしか食べてない。スウェーデン総領事に電話をした。五分ごとに電話をして、ドイツ軍側の挑発行為は許しがたい、われわれがそのようなことをしてはいないと抗議した。そして、同じ界隈に住んでいたから、ルネ・プラソンといっしょに道をたどりながら、わたしは自宅に戻った。サン゠ジェルマン大通りは静かだった。その後、オデオン通りのブラーヌのところに引き返して、泊まった。

われわれの状況は、どれほどかんばしいものだったのか？　大したものではなかったと思う。アメリカ軍はヴェルサイユにはいなかったから、ドイツの機甲師団を三つ、通過させるのを見ているしかなかった。それに、われわれにはあまり弾薬もなかった。ルネとわたしは、この間、マドとカシなんかは眠っているに決まっているものと想像した。マドとその伴侶はトロツキストで、「この戦争は、われわれの戦争ではない。この革命は、われわれの革命ではない」と、何度も繰り返していたのだ。

市庁舎で銃撃戦が続いているあいだ、女性たちはカーペットに腹ばいになるようにして、指令書類にスタンプを押し、電話をかけまくっていた。

八月二一日月曜日。もっと静かな一日。奇妙なことだが、わたしはこの市庁舎を、わが家のように考え始めていた。ラヴァルに、さもなければわれわれに、政権の樹立の計画あるのだがといって、やってきた、頭のおかしな男を相手に、ブラーヌと二人で、長いこと協議する。午後四時頃、わたしは、われわれが必要としている、マディ・マロとドニーズ・ジョスローという二人の女性を迎えに行った。マディは、わたしがポーのリセ時代に知り合った優秀な数学者レーモン・マロの妹なのである。レーモンは小児麻痺で歩行困難ではあったが、にもかかわらず、偉大なレジスタンス闘士であったし、ドミニック・ドサンティなどとのアヴァンチュールにも事欠かなかった。レーモンは、わたしが強制労働送りをおそれていると、偽造書類を手に入れてくれた。われわれの上の窓が銃撃されたのだが、狙撃手の一人――フランス人だった――が捕まり、群衆が猛烈な勢いで彼に飛びかかっていった。機銃掃射の雨のなか、腹ばいになってアルコール橋を渡ると、わたしはネクタイを締め直した。その晩は、市庁舎の市長執務室で寝た。とんでもない食べ方とはいえ、おいしかった。ボールに山盛りのジャム、それからグリーンピース、仕上げが、イワシの缶詰だった。チューブ入りのドイツ・チーズもあったし、パンは食べ放題だった。わたしは紙巻きタバコを、ポケットに詰めこんだ。

モノーのところに電話した。土曜の夜、逮捕されてホテル〈コンチネンタル〉に連れて行かれたという。たぶん、銃殺されたのだ。

ベッポ・ボゴニ、別名マルティーニというイタリア人の反ファシズム主義者で、マディ・マロの友人の男が、夜、市庁舎に到着した。

八月二二日火曜日。午前中、マディとドニーズ、それに今回はレーモン・マロを入れて、三人を迎えに行ったが、それ以外は、ずっと市長執務室にいた。セーヌ河岸では、身を隠すために、ガレージの扉を足で蹴り破ったりしたことを除けば、往復とも簡単だった。もはや休戦など問題外で、市庁舎は二台の戦車に攻撃された。正面の隅が破壊され、市長執務室も、窓ガラスが割れた（無差別に発砲していた）。

すでに女性や無用者たちは立ち退かせて、もうこれでだめかというときに、一台の戦車を戦闘不能にすることができ、もう一台もいなくなった。ドイツ軍は戦いの現場に、死体、捕虜、負傷者、戦利品を満載した車、そして、われわれにもっとも不足している弾薬類を置いていった。われわれは喜びに熱狂した。市庁舎の広場には、血やガソリンがあちこちにたまり、死者が横たわり、何台もの車が放置され、一台のオートバイがひっくり返っていた。われわれの車が走り回って、弾薬ケースを回収し、接収した車を押している。そのあいだも、窓という窓からは、全員が歓喜の叫び声を上げていた。その二時間後、一台のトラックが河岸で制止され、六人が捕虜となり、二人は殺された。わたしは死者の一人を運び込んだ。重かったし、走らなければいけなかった。あいにく、わたしはお歴々をきちんと迎えないといけないと思い、その日の朝、自宅に戻り、明るい色の上着と新しいネクタイに着替えてきたところだった。まったく、とんでもない考えだ。なにしろ、地べたをはうようにして、事務所から事務所へと移動したり、血だらけの死体を運んだりしなくてはいけなかったのだから。

われわれは、マロなど、何人かのジャーナリストの取材を受けた。町では、人々が、以前と同じく新聞を買い求めようと列をなしていたが、それらはレジスタンス側の新しい新聞であった。

ロベール・モノーは釈放された。ドイツ軍捕虜との交換ということだった。

ゴブラン大通りからサン＝ミシェル大通りまで、五区で一日中戦闘が続く。午後、区役所がドイツ軍の手に落ちた。ドイツ軍の戦車はすべて、おそらくは第七軍団の残党だ。連合軍を、いつになったら見られるのだろう？　われわれは四日間持ちこたえている。そのほとんどが、敵から奪った武器などを活用した、はったりのおかげだ。とはいえ、わたしは戦闘の終わるときを考えると、つらくなる。板張りも、鏡も、金箔張りも、貴重な家具類も、市長執務室の内装や調度の贅沢さは、もはや想像するしかないのである。窓辺で銃撃するＦＦＩ（対独抵抗「フランス国内軍」）の連中や、テーブルの下に入って議論する大物連中たちのかたわらで、わたしはサンドイッチを食べた。ブラーヌが部屋のかたすみで、ラジオでジャズをやっていないか探しているし、一人のカメラマンはずっと撮影を続けている。

ロジェ・ステファーヌは、「市庁舎軍事司令官」を自称していたのだが、二通の通達を出している。

通達一

市庁舎ＦＦＩ委員会は、ドイツ軍の攻撃に対抗して、われわれの側の死者を出すことなく、これを勝利に導いたことに対して、ここで個人的に祝意を表するものである。

ドイツ軍は二人殺され、二人が負傷、別の三人が捕虜となった。

奪ったトラックのなかから没収した弾薬により、いまや、市庁舎の防衛を確かなものとすることが可能となった。

セーヌ県知事ならびに「パリ解放委員会ＣＰＬ」は、ぜひともこの祝福を分かち合いたく思う。

市庁舎ＦＦＩリーダー、ロジェ・ステファーヌ

通達二、パリ、一九四四年八月二二日

1　昨日の二度にわたる攻撃は、以下のように総括できる。
敵軍は、現場に、死者一四、負傷者四、捕虜一四を残した。

われわれ側は、軽傷者一名のみ。

戦利品には以下のものが含まれる：小型キャタピラー装甲車一、トラック六、トレーラー一、ガソリン二〇〇〇リットル、航空機用機関銃一、弾薬付き軽機関銃二、弾薬付きロシア製軽機関銃二、手榴弾二箱、弾薬七箱、銃六丁。

したがって、市庁舎の防衛は決定的に確かなものとなったことを繰り返しておく。

ＦＦＩ司令部、セーヌ県知事、パリ解放委員会は、この戦闘に参加した人々への祝意を、再度表明する。

2　わが切なる願いによって、ＦＦＩ参謀本部は、司令官Ｌ…（Landry である）を、要塞上級司令官に任命した。両大戦における優れたる士官にして、ドイツにおける元捕虜、パリ地域ＦＦＩ一等司令官であり、四年間のレジスタンス活動の代償としてフレーヌ刑務所に入れられるも、そこを脱獄してきたところである。Lはわれわれの勝利の立役者とならん。

### 市庁舎FFI司令官、R・ステファーヌ

この三日後、パリが解放されると、相も変わらずユニークなロジェ・ステファーヌは、ホテル〈リッツ〉に泊まりに行った。

八月二三日火曜日。訪問者、電話、新聞・雑誌への応対、警戒警報、粉々に飛び散る窓ガラスや瓦礫と、いつものような一日が終わり、一一時に夕食。わたしはブリジット・セルヴァン＝シュレベールに借りたライカのカメラで、写真を撮りまくった。彼女は、ジャン＝ジャックの妹で、レオ・アモンとの連絡役をしていたが、ムランの近くで、ドイツ軍に捕まった。だがドイツ軍は彼女の身柄を拘束することはなく、こっぴどく殴りつけてから釈放した。まるで疾風のごとく市庁舎に到着すると、彼女は「レオはどこ？　レオはどこなの？」と叫んだ。そして裸の写真を取りだした。ドイツ軍兵士からどのような暴行を受けたか、見てもらうために、わざわざ撮影させたという。背中全体が、縞模様のあざだらけだった。

わたしはやってくるジャーナリストの現地報道用に、いくつかのエピソードを語ったりした。ブラーヌ、ルネ、マロとその仲間と、友人たちが、この壮麗なる市庁舎で働いているというのは、とても妙な話だった。戦闘、食糧の補給、政治、行政、逮捕、各地の委員会と、あらゆる知らせが到着する。われわれはそれらを選別し、点検する。指示書、タイヤ引換券、補給など、信じられないようなものを求められるのだ。

わたしは、パリ市の助言役として、今度は二区まで行かなければならなかった。単なる政治というのには、まったくうんざりさせられる。運よくというか、帰路、気分転換ができた。市庁舎に近づくと、戦闘がおこなわれていたのだ。それでも、わたしは前進していった。ＢＨＶ百貨店の前まで来ると、戦車の攻撃で立ち往生してしまい、激しい戦闘のさなか、わたしは市庁舎前の広場を駆け抜ける羽目となった。しまいには自分は不可侵の存在だと思いかねなかった。わたしの姿を見て、ルネがなにごとかどなった。

新たに創刊された新聞各紙には、ピエール・セゲール、クロード・ロワ、セネップといった署名が見られた。グローヴの挿絵には「英国は、カルタゴのように、おまえのことをくそ呼ばわりしてるぞ」というキャプションが添えられていた（ラジオ・パリのジャン・エロルド＝パキの時事番組が、いつも「英国は、カルタゴのように、破滅するだろう」というひとことで終わっていたことに引っかけている）。ド・ゴール将軍の肖像写真がないので、秘かに流通していた小さな写真を引き伸ばした。この即席の複製品には、その小さな写真を留めていた画鋲まで写っていた。わたしは引き伸ばした写真を、ペタンの写真の代わりに、自分の部屋に貼った。それまではペタンの写真をさかさまにして、残しておいたのだ。数多くの市会議員の肖像写真も、さかさまにしてやったのだった。

戦いは、その夜、大勝利のうちに終わった。軍用トラックや大砲が、大喝采のうちに持ち帰られた。

夜中の一二時半。となりの部屋で飲むからと、呼ばれた。みんな、少しばかり浮かれていた。ドイツ軍が、パレ＝ロワイヤル駅からメトロの線路に入りこんだとの知らせが届いた。市庁舎駅と同じ線ではないか。だがわたしは、この吉報は胸に秘めておいた。ほかの連中、とりわけ若い女性たちは、眠らせてやらないと。

この日の午後二時現在、「ルクレールの機甲師団はアルパジョンにいるが、ニューオーリンズ出身のアメリカ兵たちが同行していて、全員がフランス語を話す。疲れてはいるが、歓喜に満ちあふれている」という連絡が届いた。

八月二四日木曜日。ルクレール師団が到着した！

われわれは食堂にいた。するとロジェ・ステファーヌがすっと立って、「彼らはセーヌを越えたぞ！」と告げた。ただちに、全員が歓声を上げながら市庁舎の外に出た。広場にルクレール師団の最初の車両が到着した。軽戦車隊だった。われわれは。装塡されている銃弾を空に向けて撃ち、ロケット弾も打ち上げた。わたしは、フランス人が乗った何台かの戦車によじ登っていた。［実際は、スペインの共和主義者、第二機甲師団の第九中隊であったのだが。］集団的な熱狂状態が出現した。執務室では、一五〇人もの人々が、ジョルジュ・ビドーが率いるＣＮＲ（全国抵抗評議会）も、だれもが歓喜に酔いしれた。向かい側の建物からは、親独義勇軍たちが銃を乱射している。マロと仲間たちの近くで、一人が殺された。マディが血だらけになっている。新聞各社に、電話をかけまくった。パリ中で鐘が打ち鳴らされた。電話をかけるたびに、受話器の向こうで喜びが弾ける。とりわけ、〈ベルリッツ・パレス〉に籠城し、ドイツ軍の攻撃にさらされている、モノー率いるＭＬＮの喜び方は尋常ではなかった。彼の妹が、腹ばいになりながら通話した。

それから、ルクレール師団は、われわれに戦車を二台置いて、また出撃していった。われわれは戦闘に備えて立てこもることにした。パリ中で、銃弾が飛びかった。

八月二五日金曜日。

マロが、持ち前のすばらしい弁才を発揮して、報道関係者に情報を提供している。今日は、わたしがこのプレス・サービスを仕切った。状況は混乱している。パリ中で戦車での戦いがおこなわれている。

〈ベルリッツ・パレス〉が応答しなくなった。彼らが脱出できたことを願う。

友人のジョルジュ・パンシュニエと再会したため、眠らずじまい。彼とは以前、トゥルヌフォール通りのソランジュの店で知り合ったのだが、その後、ラジオの記者になっていた。パラシュート降下作戦や囚人の釈放関連のプロである。パリの前は、アルジェやチュニスで記者をしていたとのこと。

ド・ゴールに会った、「われわれの」市長執務室で。全員が歓喜に酔いしれた一日。

**ジャンティ**は、パリ市の南隣りの町。

**ポン・ド・ドゥブル橋**は、左岸からノートル＝ダムの正面に出る。直進してポン・ダコール橋を渡れば、市庁舎の広場に出る。

**スウェーデン総領事**とは、ラウル・ノルドリングのこと。中立国の仲介役として、パリ解放に大きな役割を果たした。

**ベルリッツ・パレス**は、オペラ広場の少し東にあるオフィス・ビルで、ベルリッツ・スクールや映画館などが入っていた。

## シャンゼリゼのロータリー

八月二六日土曜日。シャンゼリゼでのパレード。ロータリーでは、親独義勇軍の兵士が、あちこちに身をひそめていて銃撃をおこない、群衆はパニックにおちいった。それから、正規の戦闘となる。わたしが乗っていた車の屋根にも、二発の銃弾が貫通した。銃撃戦のさなか、シャンゼリゼ大通りでユゲットと出会った（一九四三年、このユゲット・ゴーサンを、スペインに越境させてやろうとしたことがあったのだ）。ピレネー山中のサランコラン村の近くで、彼女と落ち合った。しばし、牧草地で休んだ。陽光のもと、草の上に寝そべった彼女は、足や太腿をむき出しにして、白いサテンのパンティが見えても少しも気にしていなかった。

## シャンゼリゼ大通り六三番地

パリが解放され、もはや市庁舎に長居は無用だった。制服とネックレスをふたたび着用した守衛は、われわれが散らかしたと思っているから、われわれの退去に大満足だった。そして、われわれはシャンゼリゼ大通り六三番地に事務所を見つけた。

われわれは、男友だちも女友だちもまじえて、たまたま占拠したいくつかのアパルトマンで、幾晩かを過ごした。そのうちのひとつ、モンテーニュ大通りにあった、とりわけ豪華なアパルトマンのことを思い出す。

われわれの新しいオフィスでは、しばしば、奇妙な光景が見られた。多少とも、対独協力に手を染めた形になったアーティストたちがやって来ては、われわれのために特別公演を開いて、名誉を回復したいと持ちかけるのだ。こうして、わたしは、あのフェルナンデルが椅子に座ったままじっと何時間も順番を待つ姿を目撃することとなった。

われわれは九月には《リベルテ》誌を、一〇月には《ヴォロンテ》誌を発刊した。わたしはそうした能力など全然発揮したことはなかったものの、これらの週刊誌に行くようにいわれた。いまだにその理由はわからない。

こうして、わたしはいくつかの奇異なできごとを目撃することになったのだが、たとえばある日、ジョルジュ・バタイユが現れたことがある。彼は、自分はインテリのあいだでは評価されているものの、一般には知られていない作家だと、わたしに説明した。そこで、一般読者に訴えるために、《ヴォロンテ》になにか書かせてほしいというのだった。

青春期にポーで友だちだったジルベルト・ボワイエが、なにか仕事を探してくれないかといって、パリに「上京」してきた。そこで彼女を、資料係・記録保存係として、《ヴォロンテ》で雇った。ある日、メッセンジャーとして雇っている男が休んだ。妻が出産間近だからというのだ。そこでわれわれは、ジルベルトに、悪いけどブラッサイのところに行って写真を受け取ってきてくれないかと頼んだ。かくして、彼女はブラッサイ夫人となるのである。ところで、《ヴォロンテ》の正式の誌名は《レジスタンスの人々の意志《ヴォロンテ》》といって、ジャン・ド・ヴォグエという資産家が金を出していた。彼の暗号名はヴァイヤン、レジスタンスの軍事部門を統括するＣＯＭＡＣの三人のメンバーの一人であった。《ヴォロンテ》誌の編集主幹はミシェル・コリネがつとめた。編集委員会は、ジャン・デュラック、アンドレ・ティリオン、そしてジャン・ド・ヴォグエで構成されていた。

ティリオンとコリネのおかげで、われわれはシュールレアリズムと近づくことになった。わたしの思い違いでないとすれば、コリネはアンドレ・ブルトンの前の妻と結婚していたし、ティリオンはといえば、オスカー・ドミンゲスが挿絵を描いた、エロチックでシュールな小説『Le Grand Ordinaire（大いなる普通）』の作者だった。パリ解放の日々、ティリオンは、あの美しきモニクに惚れてしまい、われわれの同志の一人と恋のさや当てを演じた。

《ヴォロンテ》誌は一九四四年一二月から翌年の一二月まで続き、合計で五五号を出した。ピエール・エルバールが書いているし、クロスワード・パズルはトリスタン・ベルナールが担当している。短篇の挿絵は、フィリップ・ジュリアンで、これはエリザベート・モノーがわたしに推薦してきたのだ。ヘミングウェイの小説も掲載したはずだが、どれだか忘れてしまった。そして、政治評論とかレジスタンスの思い出なども、たくさん載った。

こうしたことすべてが、いってみれば、ゆきあたりばったりに、きわめてシロウトっぽくおこなわれた。《ヴォロンテ》誌の創刊号の組み付けがほぼ終わったとき、アンドレ・ティリオンが、発行責任者の名前を入れ忘れたことに気づいた。そして彼は、わたしの意見を聞きもせずに、最初に思いついたというわたしの名前を入れたのである。

しばらくのちになって、親独派で、ヴィシー政権で副大臣をつとめて、フレーヌ刑務所に入っていたペロルソンが、「ヴォロンテ」という誌名は自分に権利があるといって、わたしに対する訴訟をくわだてた。大戦前に同名の雑誌をやっていたというのだ。発行責任者として、わたしには責任があった。そこでティリオンに、なんとかうまくやって、窮地から救ってくれ、この件にはもう耳は貸さないぞと話した。ほぼ確かなのは、レジスタンス側の雑誌に訴訟を起こすには、ペロルソンの立場が芳しくなくて、告訴が立ち消えになったことである。

後年、ヘンリー・ミラーの翻訳者にして、マルセル・プルーストの家政婦だったセレスト・アルバレへの聞き手もつとめたところの、ジョルジュ・ベルモンと名を変えていたペロルソンとばったり会ったこともあるが、われわれはこの話題は口にはしなかった。

そしてわたしは最後まで、《ヴォロンテ》誌の発行責任者であり続けた。


ＣＯＭＡＣ（Comité d'action militaire 軍事行動委員会）は、全国抵抗評議会（ＣＮＲ）の傘下にあった。

セレスト・アルバレの回想録とは一九七三年に出た『ムッシュー・プルースト』である。

## レオミュール通り一〇〇番地

ＣＤＬＲ（レジスタンスの人々）傘下のもうひとつの週刊誌が《リベルテ》誌である。最初は編集主幹にして、ほとんど唯一の記者を、イタリア人の印刷工のトリエッリが、筆名ピエール・ランベールでこなしていた。レオミュール通り一〇〇番地の大きな建物には、戦前は《ラントランシジャン》紙が、そして、ドイツ軍による占領時代には、ドイツ語日刊紙《パリ新聞 *Pariser Zeitung*》が入っていたわけだが、ランベールは、それまで《パリ新聞》の編集主幹の官舎であったアパルトマンで仕事を始めた。そして、わたしが援軍として送られたのだ。わたしはさまざまなペンネームを使い分けて、ページを埋め、書評とか、劇評・映画評などを書いた。それから、応援を頼むことにしたのだが、フランソワ・エルヴァル、ブリゾンことロシャックなど、おもしろい連中がたくさんいた。イギリスの新聞のパリ特派員をしていたジョージ・オーウェルが、《リベルテ》誌に目をつけていた。彼は新聞関連の集まりにやって来た。わが人生での心残りのひとつが、このジョージ・オーウェルと知り合ったのかどうか、どうしても思い出せないことである。（マルカム・ラウリーについても同じで、ロベール・ラフォン社で会ったのかもしれないし、会わなかったのかもしれない。）

　こうしてレオミュール通りで、ジャーナリストとしてのキャリアが始まった。もっとも奇妙なのは、このキャリアのすべてが、この大きな建物のなかで展開されたということだ。つまり、この建物には、わたしが働いていた新聞・雑誌が全部そっくり入っていたのである。このレオミュール通り一〇〇番地だけれど、うわさでは、この建物は「奇蹟小路《クール・デ・ミラクル》」があった場所に建てられたという。

《リベルテ》誌に行く途中、階段でよくカミュとすれちがった。つまり、ジャン＝トゥーサン・ドサンティが、この年の初めにわたしに話したことは正しかったのだ。そのカミュは、《コンバ》紙の編集主幹となっていて、アルジェ時代からの旧友で、レジスタンスもともに戦ったパスカル・ピアが編集長だった。

　ある日、キリスト教民主主義の新聞《ローブ》が、カミュやサルトルは、実存主義哲学の信奉者であって――カミュに関しては、これは不正確であったわけだが――、こうした「無と絶望の哲学者たち」はハイデッガーの弟子、すなわちナチスの弟子なのだという攻撃をおこなった。いかなる感情にとらわれたものか、不肖わたくしは、こうした愚かさを糾弾すべく、《リベルテ》誌に反論記事を執筆した。階段ですれちがったカミュが、わたしに礼をいった。それから少しして、カミュはわたしに《コンバ》紙の演劇欄を任せたいのだがどうだろうかと、提案してきた。これを承諾はしたものの、できれば編集部に正式に入りたいと話した。すると、その三週間後、カミュがわたしにこういった。「ジャック・ルマルシャンがパリに戻ってきた。生粋の演劇人間だ。きみが演劇欄を、彼に譲ってくれるなら、ちゃんと編集部で雇うよ。ピアも賛成だから、会いに連れて行くけど。」そしてカミュは、「決してほっぽり出したりしないから」と付け加えた。

日刊紙《ラントランシジャン》は、一八八〇年から一九四〇年まで続き、戦後、短期間だけ復刊された。

「**奇蹟小路**」は、泥棒や乞食などの巣窟の別名。ユゴー『ノートル＝ダム・ド・パリ』での描写が名高い。

新聞《ローブ》は、一九三二年から一九五一年まで発刊された。

# シャゼル通り一番地

ロベール・モノーと妻のエリザベートは、いまではプレーヌ・モンソー地区のシャゼル通りに住んでいた。わたしは夫妻をしばしば訪ねたのだが、一度だけ、ほとんど厳粛な感じの会合となったことがある。わたしがジャーナリストになったので、彼らとしては教えておきたかったのだ。彼らをはじめとして多数の人間が命がけで創刊した、非合法紙の《フランスの防衛《デファンス・ド・ラ・フランス》》がアシェット社の手に落ちて、《フランス・ソワール》と名前を変えたというのだった。もっとも親しいレジスタンス仲間たちに裏切られたせいで、このようになってしまったのである。

## パレ大通り

わたしは司法担当記者として、数多くの裁判を、とりわけ対独協力者をパージする裁判を熱心に追いかけた。最初は一九四四年の終わり頃であったか、マルセル・デアの右腕であったジョルジュ・アルベルティーニの裁判だった。わたしはシテ島の裁判所に入っていったのだけれど、審問がおこなわれるはずの大法廷を探していて、すっかり迷ってしまった。そして、狭い廊下を進んでいき、暗い階段を上がると、なんと被告席に出てしまったのだ。すぐに引き返して、正しい通路をたどり、ようやくプレス席に着いて、坐ると、クロード・ロワの隣なのだった。

クロード・ロワはわが親友となるのだけれど、ずっと前から彼には敬服してきた。田舎にいるときに、ピエール・セゲールの雑誌《ポエジー》四一、四二、四三号に載った評論を読んでいた。彼はそこで、ヴィシー政権の品位や、当時の流行などをからかっている。一九四三年のある駅のキオスクの描写とか、ある善良な若者が『風と共に去りぬ』を闇市で売った金で、パリへの旅を奮発する話など、わたしはほとんど丸暗記していたのである。

裁判所で何度も会っているうちに、われわれはあるゲームを考え出した。極秘の書類とか、相手方が知らない、無政府主義的組合主義やトロツキズムによる激しい調子の新聞・雑誌などが、原告と被告のどちらに有利になるかというものだった。

## ドルオ通り

パリ解放の翌日、われわれジャーナリストは幸運だった。小柄な婦人が、PXから失敬してきた品物がいっぱい入った買い物かごを持って、各編集室を回ったのだ。なにしろアメリカ製なのだから、すばらしい品々ばかりだった。ヴァージニア・タバコ、ネスカフェ、パーカー万年筆〈51〉、ウィリアムズのシェービングクリーム、ヴィックス・ドロップ、アルカセルツァー等々だ。カミュが、酒を飲み過ぎた連中にアルカセルツァーを勧めていたが、ほとんど全員がそれに相当した。この小柄な女性のことを、われわれはマダムGIと呼んでいた。

タバコといえば、グラン・ブールヴァールのすぐそばのドルオ通りという静かな通りの建物の五階の事務所に、アメリカの軍事法廷が置かれていたことを思い出す。そこで一か月間にわたって、世紀の一大軍事裁判が進められたのだ。二人の将校と一八二人の兵士が、タバコの盗みと密売の罪で起訴されたのだった。審問は、非常に狭い、何部屋かの事務所を使っておこなわれた。毎日、四人の被告が裁かれた。法廷での弁論は、検事と弁護士による尋問・反対尋問によって、とても静かに、まるで映画かなんか観ているように繰り広げられた。そして、その日の終わりに評決が下された——懲役四五年、懲役五〇年などと。われわれだってそのタバコを買ったわけだから、これら不運な連中の共犯者なのだと、どうして考えずにいられようか。ある日、わたしといっしょに裁判を傍聴したアンリ・カレは、「このアメリカン・シガレット」という記事を書いて、反響を呼んだ。残りの人生を監獄で過ごすことになる、これらの男たちの姿を見てしまったならば、アメリカのタバコはどんな味がするというのか？

数年後、わたしはマダムＧＩと再会した。彼女は、女性タクシー運転手の最初の一人になっていた。

## バレーヌ袋小路八番地

わたしは相変わらずホテル暮らしだった。その頃、友人のクロード・ジャコとシュザンヌ・ジャコ夫婦は、遠縁の者から相続したという一一区の袋小路の奥の小さな住居に住み続けていた。「バレーヌ（鯨）の袋小路」というおかしな名前のところだったが、二人はそこを引き払って、もっと快適な住まいに引っ越したのである。で、わたしに貸すといってきたのだった。「いいよ」とはいったものの、どこからも遠いし、あまり気乗りがしなかったので、わたしは一度もここに住むことがなかった。

## グラン゠ゾーギュスタン通り七番地

パリ解放後、われわれは一時、この勢いでフランコのスペインもすぐに解放できるものと思いこんだ。そこで《コンバ》紙が、わたしを国境地帯の取材に送り、わたしは秘かにスペインに入国しようとした。だが、スペインにたどりつくことはできなかった。その上、サン゠ジャン゠ド゠リューズに駐屯しているフランスの情報機関によって、わたしのことがフランコ派の官憲に内通されていることもわかったのである。

同じ時期に、ピカソの家で、スペイン情勢をめぐる集まりが何回か開かれた。あるとき、カミュはわたしを《コンバ》紙の代表として送り出した。こうしてわたしは、グラン゠ゾーギュスタン通りの、大きなストーブがあって、風変わりな室内装飾の、ピカソのアトリエを実際に見たのだ。

また、カミュに同行して、メキシコに移る前に、一時的にフォッシュ大通りにあったスペイン共和国大統領府に赴いたりもした。

サン＝ジャン＝ド＝リューズは、フランス・バスク地方の港町。

## ラスパーユ大通り四五番地

セーヴル゠バビロンにある〈ホテル・ルテティア〉という超高級ホテルは、大戦の歴史をすべて見ることになる。占領時代にはドイツ軍兵士たちを、そして強制収容所が解放されると、抑留されていた人々を受け入れたのだ。行方不明の人々の消息を求める、多くの不幸な人々と同じく、わたしもホテルのロビーにベルトとツェルマンの写真を貼ってはみたものの、むだであった。

## シャンゼリゼ大通り九一番地など

一九四四年の一一月から、わたしはラジオ局でも働くことになって、実際には、ずっとそれが続いてきた。モーリス・シューマンのように、ロンドンからのフランス向けラジオで活躍していたメンバーもいた。スタジオは、シャンゼリゼ大通り九一番地にあった。もっともわたしは、ほかのスタジオもほとんど知っている。ほぼ向かい側のシャンゼリゼ大通り一一六番地、フランソワ一世通り、バイヤール通り、ユニヴェルシテ通り、レクトゥール＝ポワンカレ大通り、プレジダン＝ケネディ河岸通りといった場所のスタジオである。放送という実に変化に富んだ世界の思い出を語るのに、わたしは『持ち場を守る』と題した本を丸一冊書く必要があったほどだ。なかでも、『地の糧』の出版五〇周年となる一九四七年に、アンドレ・ジッドを訪ねたことは忘れがたい。そしてまた、「神の裁きに決着をつけるために」を収録中、その異様な興奮をスタジオ中に伝染させた、アントナン・アルトーのことが忘れられようか。また、自作の短篇「なくSans」を収録すべくマイクを前にしたサミュエル・ベケットを。光栄にも、彼はナレーターの一人にわたしを選んでくれたのだ。いろいろと組み合わせるために、六つのフレーズを、わたしは一〇回読んだのだった。ある日わたしは、ベケットと組んでこのラジオ放送をプロデュースしたアラン・トリュタに、「放送を聴けなくて、残念です。聴き損ないましたよ」と話した。すると彼は、「でも、あの番組は放送されなかったんだ。一度も、電波に乗らなかったんだよ」と答えた。

## コンデ通り二六番地

ラシルドが、夫のアルフレード・ヴァレットが創業した出版社メルキュール・ド・フランスがあるコンデ通りの建物に、そのままずっと住み続けていることを知った。彼女は、その建物の小さなアパルトマンに入っていた。マイクを手にして、『ヴィーナス氏』『マドモワゼル・ド・サド』といった、一九世紀末にスキャンダルを引き起こした小説の話を聞いた。当時、アンリ・ボーエルは、この若い女性は、「死体置き場やサルペトリエール病院で、悔い改めた女たちを腐敗させるのにうってつけだ」と述べていた。ラシルドは、メルキュール社で働いていたポール・レオトーのことを思い出してはいたが、たいして評価していないようだった。また、アルフレッド・ジャリとその奇行の話題も出た。

## ボートレイ通り二二番地

もう一人の歴史的な人物といえば、アンリエット・プシカリがいて、わたしは最初はラジオ番組、次にはテレビ番組の取材で会いに行った。かくしゃくとしていて、ことばにも重みがあった。アンリエットはエルネスト・ルナンの孫娘で、コレージュ・ド・フランスのじゅうたんの上で、這い這いしながら、ルナンとたわむれていたという。ヴァカンスは、ドレフュス大尉のところで過ごした。兄のエルネスト・プシカリとともに、シャルル・ペギーの主導で「民衆へと向かう」。一九三六年、彼女はアナトール・ド・モンツィの監修による《フランス百科全書》編集部の秘書となった。またペタンの裁判では検察側の証人となり、ペタンを「ペトリン元帥」と呼んでいた。

《フランス百科全書》の編集には、リュシアン・フェーヴルなどが関わっている。
「ペトリン（pétrin）」は「窮地」の意味。

## ヴァレンヌ通り五六番地

手遅れにならないうちに、過去の生き証人としてのわたしの記憶を、しっかりたぐり寄せておきたい。一九〇〇年という世紀の変わり目をどのように見てきたのかを、少し前に、ある書物で語っていた、パンジュ公爵夫人と会見したことがある。彼女の兄はモーリス・ド・ブロイ、弟はルイ・ド・ブロイという学者である。わたしがよく覚えているのは、彼女がマルセル・プルーストを軽蔑していたことで、彼女によると、プルーストは本当の貴族階級を描いてはいない、知らなかったのだから、プルーストが付き合ったのは、二流の貴族にすぎないというのだった。

**ある書物**というのは、『わたしは一九〇〇年をいかに見たか』（一九六二年）のこと。

## ボワロー通り七番地

過ぎ去った時代の生き残りのもう一人、アレクセイ・レーミゾフは、亡命した同胞たちの多くと同じく、一六区で暮らしていた。彼は「ロシアのアンリ・ミショー」などと呼ばれた。『剪《き》り取られた眼で』の作者は、子供のような心の持ち主だった。チョコレートを食べると、その金色や銀色の紙を、まるで水晶の切り子のようにして、天井に貼るのだった。終戦時にはソヴィエト軍の勝利に熱狂し、祖国への帰還を求めたものの、拒まれた。

『剪り取られた眼で』は一九五一年刊。

## ドラゴン通り四二番地

先人たちの人物描写は、もっと続けることができる――アンドレ・ルヴェール、マダム・シモーヌ、フランシス・カルコ、フェルナン・グレーグ、フランシス・ド・ミオマンドル、そしてミスタンゲットなどなど。でも、もっと最近に話を戻そう。ルイ・ギユーは、ガリマール家の女中部屋に住んでいたのだけれど（彼は「女中部屋 chambre de bonne」ではなく「善人部屋 chambre de bon」と称していた）、ドラゴン通りに小ぶりな住居を見つけたのだった。そして金が必要となると――というのも、彼は仕事が大嫌いで、なによりも自由にこだわっていた人間なので、しばしば金欠病におちいったわけなのだが――、ラジオ局《フランス・キュルチュール》のディレクターをしている友人で、同じくブルターニュ出身のイヴ・ジェギュが、わたしとの対談というやつを頼んでくるのだった。われわれは、何時間も、何キロメートルも、対談をした。テープレコーダー持参で押しかけるのだが、たいていは、まず最初にちょっとした応急修理をしなければならなかった。ヒューズが飛んでいたり、コンセントが外れていたりするのだ。ようやく録音を始めるものの、すぐにギユーは飽きてしまう。そして、ブルターニュなまりで「夜は大洋から」を暗唱したり、ローレルとハーディの物まねをしたり、し始めるのである。

彼を助けるために、ピエール・モノーが「ルイ・ギユー友の会」を設立して、会員が定期的に若干の金銭を寄付するというアイデアを考えた。しかし、当の本人が、「わかった。でも会員はぼくが選ぶからな」といって反対した。

「夜は大洋から（Oceano Nox）」は詩集『光と影』（一八四〇年）所収の、ヴィクトル・ユゴーの詩。

「ルイ・ギユー友の会」は現存する。生地サン゠ブリューに本部がある。

## ウドリー通り二三番地

パリに来てから、ウトケス夫婦の友人のタヴァール夫婦と親しくなった。彼らはバンキエ通りから近いウドリー通りに住んでいた。サン＝マルセル大通りを入ったところである。テニス・ラケットを製造しているジャン・タヴァールはフランス人で、細君のアニウシュカはユダヤ系ロシア人だった。それまでは、なんの問題もなく二人は暮らしてきた。フランス人と結婚したことで、ことはより簡単であったのだと思う。友人のウトケス夫婦がゲシュタポに逮捕されて行方知れずとなり、われわれは苦しみと悲しみを分かち合っていた。ある日、彼らのアパルトマンと同じ階のステュディオが貸し出されているといわれた。こうしてわたしはタヴァール夫婦の隣人となって、わがホテル時代は終わりを告げた。引っ越したのは、一九四四年の一二月五日だった。小さな台所とトイレがあるだけの、ほんとうに小さなステュディオである。とても狭いので、折りたたみ式のブリッジ・テーブルを置けるだけで、それもほとんどいつも、たたんでベッドの下にしまっておいた。本を読むにしても、なにか書くにしても、ベッドにのぼるのが一番よかった。その後、詩人のアルマン・ギベールにこのステュディオを渡すことになったとき、彼が、「これは部屋《ロカール》じゃなくて、広口瓶《ボカール》だね」といったほどだ。部屋は七階にあったのだが、階段は各階ごとに踊り場があったから、なんだか一三階までよじのぼっているような感じだった。

ジャン・タヴァールは静かで、優しい人間だった。アニウシュカは大柄で、居丈高な女で、ウトケス夫婦と同じくコミュニストだった。ボルシチを作ると、彼女はいつも皿にいれて持ってきてくれた。

## マッセナ大通り一九番地

結婚してからは、この部屋というか広口瓶では、二人だと本当に住みにくかった。けれども、当時はひどい住宅難だった。そこで、友人たちが何か月かパリを離れるといった機会があれば、その都度、空いたアパルトマンに仮住まいしていた。こうして、ある時期は、ポルト・ディタリー近くのマッセナ大通りで暮らした。

その頃、わたしの母は、われわれ夫婦がここに仮住まいするだけだとは知らず――なにしろ彼女は、いつも自分は正しいと思っている人間でもあったから――、遺産売り立てで買ったという、小ぶりの応接セット（ひどいビロードがかかっていたので、わたしは「シラミのついたビロード」と呼んでいた）と膨大な蔵書を、引っ越し業者に運ばせてきた。そのコレクションには、ヴォルテール全集が含まれていたけれど、残念ながらキール版ではなかった。また、一九世紀末の雑誌《アナール》を製本したものも含まれていた。わたしはむかっときて、応接セットも《アナール》誌も、競売用に送ってしまった。その少し後で、母から次のような手紙を受けとった。「あなたに送った家具と書籍は、これを売った人たちが、兄弟から相続したものなの。で、最近、《アナール》誌のなかに株券が隠されていたことがわかったというのよ。でも彼らは気にしていないわ。信頼できる人の手元にあるのですからね……」

一二月三〇日、われわれはウドリー通りに戻った。

雑誌《アナール》がどれを指すのか不明。歴史学の《アナール（社会経済史年報）》の創刊は一九二九年。

## ウドリー通り二三番地（二度目）

トロツキーがラモン・メルカデールに暗殺されたのは、その六年前のことだったが、わたしは、あるとき、そのいきさつは忘れたものの、一九一四年にトロツキーが、パリのゴブラン地区のウドリー通りに住んでいたことを知った。それも、わたしが住んでいた建物の二軒先なのだった。

わたしは管理人の女性に会いに行った。なんと、当時と同じ管理人だった！　ジャーナリストとしては幸運というしかない。

「もちろん、トロツキーのことは知ってましたよ。でも、なにを聞きたいのですか？」

「いろいろと思い出があるのでは？」

「ええ、ハンサムな方でした。」

「ほかには？」

「息子さん二人と恋人と暮らしていました。」

「どんな暮らしでしたか？」

「最初のうちは、裕福でした。でも、やがてお金がなくなってしまい、息子たちが自分で石炭を運んでいました。石炭袋を引きずって、階段を上っていくんです。それで、〈あなたの息子さんたちが、石炭を引きずりながら、階段を上がっているじゃありませんか。そんなことしてもらっては困ります〉といってやりました。するとく仕方ないのです。他に手段がないのですから〉というんです。だから、わたし、〈くそくらえ〉っていってやりましたわ。」

「では、彼とは険悪だったのですか？」

「いいえ、石炭のエピソードがあったぐらいです。とても、もの知りの方のようでしたよ。それに、ハンサムでしたしね。特徴的な部分がありました。」

「なんですか、それは？」

「あごひげですよ。」

わたしは写真を何枚か、彼女に見せた。

「なんと堂々としているのでしょう！　変なのよね、彼はあれだけハンサムなのに、恋人ときたら見られたものではなかったわ。だから、彼を連れに来ても、彼女は連れて行かれなかったのよ。」

「だれがです？」

「警察よ。彼がしていることを、連中はこの辺でつねに見張っていたの。そして、ある日、連行したのよ。あんな美男だったのに。」

**トロツキー**が亡命先のメキシコで殺されたのは、一九四〇年八月二〇日。**二軒先**というのはウドリー通り二七番地のこと。トロツキーが逮捕され、フランスから追放されたのは一九一六年九月。

## ベルシャッス通り三七番地

レジスタンスの指導者の一人で、抵抗組織〈コンバ（闘争）〉の創設者であり、臨時政府の捕虜・強制所収容者・亡命者担当大臣となったアンリ・フルネは、共産党による激しいネガティヴ・キャンペーンの標的とされた。戦時中に、レジスタンス側の同意のもとで、ヴィシー政権の内務大臣ピエール・ピュシューと数度にわたり会っていたのだ。（ピュシューは「自由フランス」に加わろうとしてアルジェに行ったことを思い出そう。ところが、それが裏目に出て、銃殺されてしまった。）パスカル・ピアが、アンリ・フルネと会見して、自分の身のあかしをたてられるような内容の大インタビューをとってくる任務を、このわたしに委ねた。そこで、わたしはベルシャッス通りの省庁舎に出かけて行った。フルネは執務室にわたしを招じ入れると、ひじかけ椅子に座らせてから、電話を一本かけさせてほしいといった。通話はいつまでも終わらなかった。ようやくフルネが受話器を置いて、わたしに応対しようとしたのだが、わたしは眠り込んでいた。その当時、わたしは本当に疲れ果てていたのである。

## クリシー通り三五番地

パスカル・ピアとアルベール・カミュの新聞《コンバ》紙は、本当に小さな所帯だった。おまけに、われわれ若造たちはいずれも、ジャーナリストといってもまだ名前だけで、実際の現場で仕事を学んでいた。だからといって、新米が現れるのが、歓迎されたわけではない。われわれのチームは、ピアとカミュを中心にして、がっちりまとまっていたから、新米はただちに、招かれざる客と見なされたのだった。したがって、一九四六年のある日、グアドループ出身の、やせて小柄な男が、新しく記者としてやって来たときも、われわれは用心してかかった。真のジャーナリストは詮索好きなものであって、われわれはただちに、この新しい同僚が一風変わった経歴の持ち主であることに気づいた。技術者として、冶金業界で研究をしていたが、哲学の学士号も持っていたのである。そしてギリシア美術と現代絵画を愛し、バッハやフォークナーのファンだった。もっと驚かされたのは、遠い島からやってきたこの男が、なんと山登りが大好きで、『ぼくはオワザン山塊を、生まれ故郷に選んだ』というそのものずばりのタイトルの本を書くことを計画していることだった。なにしろ、実際に書いているところなのだ。もっとも、《コンバ》紙では、そんなのは珍しくもなんともない。だれもがすでに書いたのだし、いまも書いているのだし、この先も書くことになるのだから。しばしば、ここは新聞社ではなくて、《N.R.F.》の支店ではないのかという気がしたものだ。

そのギー・マレステールと、その妻でユダヤ系オーストリア人のグレタは——ふだんは静かだが、短気なところもあった——、すぐにわれわれの仲間として溶け込んだ。二人はクリシー通りの、〈カジノ・ド・パリ〉の正面に住んでいた。新聞の風通しをよくする、愉快な記事をいつも求めていたピアに後押しされて——ピアはこうした記事のことを「滑稽もの《ドロルリー》」と称していたのだが——、ギーは、このご近所の奇妙な劇場をめぐる、生彩に富んだ記事を書き上げた。この間、クリシー通りのアパルトマンは、買い集めた絵画でいっぱいになり始めたのだけれど、仲間たちをこころよく迎えてくれた。この時期のことを思い起こしてみると、ユーラ・シャポヴァル、ジャン＝ピエール・ヴィヴェ、ジャン・ジョセ・マルシャン、イレーヌ・アルトマンといった仲間たちと、わたしはこのアパルトマンで、最高の夜を過ごしたことになる。ギーは早々とルポルタージュには見切りをつけて、美術批評に方向転換して、新聞の芸術欄のトップとなった。それから、《コンバ》紙を始めとして、ジャーナリストとしての人生に終止符を打つと、また産業界に戻って、飛行機会社で働いた。

ギーは若くして死んだ。詩を書き遺していたので、わたしとグレタは、これを出版したいと思った。そこで詩の出版を手がけている版元に行くと、作品を一瞥しただけで、「すばらしい！　すぐに出しましょう」といわれた。そして、「そのかわり、スーラージュの絵を二点ください」と付け加えるのだった。グレタはすぐさま、きびすを返して立ち去った。それからわれわれは、《ルージュリー》という良心的な版元を見つけ、オリヴィエ・ドブレの版画を添えた、ギーの詩集を出版したのである。

**グアドループ**はカリブ海の島嶼群で、フランスの海外県の一つ。**オワザン山塊**は、グルノーブル東南のフランス・アルプス。

**〈カジノ・ド・パリ〉**は、コンサートやミュージカルがかかる劇場。

## レオミュール通り一〇〇番地

一九四七年の春ともなれば、われわれの冒険も終わりが近づいていて、ピアはすでに《コンバ》紙を去っていたし、カミュも戻ってきておらず、日々の業務は、この道の優秀なプロであるロジェ・シュロップが指揮し、これをわたしが助ける形になっていた。ある朝、新聞専属の運転手が、ウドリー通りのわが家までわたしを迎えに来た。

「来てください。新聞をつくる人が、もうだれもいないのですよ。」

シュロップは妻の浮気を知って、すっかり落ちこんでしまったのだ。二日間のあいだ、オフィスのわたしの前で、すっかり虚脱状態となって、頭を抱えて泣く彼の姿を、わたしはこの目で見ていた。そしていまや、彼は出社してもいないのだ。

わたしは新聞をつくるという習慣は身についていた。ピアに頼まれて、しばらく地方版の編集を引き受けていたことがあったのだ。地方版は夜明けに制作して、昼の列車で運ばないといけなかったが、わたしはこれをどうにか一人でやっていた。こうしたこともあり、わたしは《コンバ》紙の編集を引き受けた。

この時期の《コンバ》紙には、論説委員が二人いて、毎日、交替で論陣を張っていた。レーモン・アロンとアルベール・オリヴィエで、いうまでもなく、この二人は犬猿の仲であった。そしてこの日、二人は、新聞の采配をとるのが、わたしという二七歳の若造であることをいいことに、激しく言い争った。そして、ドアをばたんと閉めて、二人ともいなくなってしまった。わたしは社説もなしに、一人取り残された。

このピンチをどうやって切り抜けたのかは覚えていない。いずれにせよ、いつものページに社説を載せて、《コンバ》紙はちゃんと発行された。

## ボナパルト通り四二番地

月刊誌《レ・タン・モデルヌ（現代）》の編集会議を終えて、わたしはボリス・ヴィアンといっしょにサルトルの家を出た。サルトルはその頃、ボナパルト通りの母親のところに住んでいた。二人でバスに乗った。バスのデッキで——当時は、デッキにいると、いつもフレール・ジャックの寸劇を思い起こしたものなのだが——、ボリスが風変わりな理論を開陳し始めた。

「適切な照明、何本かの飲みもの、しかるべき順番に並べられた音楽、これらがあれば、ぼくは決められた時間にきみを泣かせることができるという自信があるんだ。」

そして彼は、こう付け加えた。

「まったく機械的なことなんだよ。」

わたしとしては、できればもっと知りたかったのだけれど、彼はパレ・ロワイヤルでバスを降りてしまった。それに、われわれは彼の理論を一度も実験することがなかったし、この話を二度とすることもなかった。

ボナパルト通り四二番地といえば、ヴィトルド・ゴンブローヴィチは、長年アルゼンチンで暮らしたのち、一九六三年にフランスにやって来た。その『日記』には、パリや、彼が「フランスのみにくさ」と呼んだものに対する憎悪のことばはあまり見られない。彼は、フランス人はプルーストが好きなくせに、サルトルが「個人として嫌悪されている」ことに納得がいかなかった。だから、「ある日、カフェ〈ドゥー・マゴ〉に近い小さな広場に面した、サルトルのアパルトマンの窓の下まで、敬虔なる巡礼を試みたとき（なにしろ、わたしは生来の反巡礼主義者なのだ！）、わたしはフランス人が、サルトルではなくプルーストを選んだことを、もはや疑いもしなかった」と語る。フランス人は、「デカルト以来、もっとも断定的なフランス思想」よりも、「微妙なごたまぜ」のほうが好きなのだと、彼はいう。

**フレール・ジャック**は、四人組のボーカル・グループ（一九四六―一九八二）。歌とマイムの絶妙な組み合わせで人気を博した。

**小さい広場**とは、サン＝ジェルマン＝デ＝プレ広場のこと。

## ボンヌ＝ヌーヴェル大通り

《コンバ》紙の最初のチームは、一九四七年に手を引いた。パスカル・ピアは、ド・ゴール派の支援で、通信社を立ち上げようとしていた。そしてわたしは、いっしょに来てくれないかと頼まれた。気乗りしなかったものの、彼のために、そうする義理があると考えた。われわれは、ボンヌ＝ヌーヴェル大通りで仕事を始めた。わたしは日がな一日、記事を書いたり、ニュースをリライトしたりした。けれども、通信社はうまく行かなかった。一年経って、ピアは、もはやどうやってもわたしに給料を払えなくなってしまった。これは、毎回毎回、完全な失敗に終わる、ピアの事業のひとつにすぎない。イヴァン・オドゥアールが、《フランス・ディマンシュ》紙にリライターとして入社しないかと誘ってくれた。なんだかぱっとしない仕事だが、ピアはほっと胸をなで下ろして、この話を受けろよといった。こうして、わたしはまたレオミュール通りに戻った。その三週間後、リライト部門のボスだったフィリップ・バレーヌがサナトリウム行きになった。こうしてわたしは、二〇人ばかりのリライト・チームのトップになってしまった。酔っぱらいや、喧嘩っ早い連中で、いずれ劣らぬどうしようもない仲間ではあったが、ほとんどがその後、名の知れた作家や映画関係者になっている。

## ヴァノー通り一番地の二

わたしには、ヴァノー通りの、名高いジッドのアパルトマンに入るという幸運な機会があった。一九四七年の一〇月、『地の糧』出版五〇周年記念のときである。長年にわたってジッドの友人であるマルク・ベルナールといっしょに訪れて、ラジオ番組用に、『地の糧』の冒頭部分を、ジッドに朗読してもらったのだ。かくしてわたしは、普段着姿で、少しばかりおどおどしたジッドの姿を見たのだ。このとき、ジッドが自分の録音を聴いたあとで、「歯音を練習する必要がありそうだ」という、少なくとも驚くようなことばを口にしたのが、わたしには聞こえたのであった。

**歯音**とは、破裂音［t］［d］や、摩擦音［s］［z］などのこと。

## ジャック＝カロ通り五番地

同僚には一人、その経歴も終わりにさしかかった老ジャーナリストがいた。それにしても彼は、どうして《フランス・ディマンシュ》紙のような、とるにたりない新聞の記者にまで落ちぶれてしまったのか？　かつては、メディア王ジャン・プルーヴォに大いに貢献した男なのだった。彼は元大統領のアルベール・ルブランとウマが合い、パリ解放後に、釈明が必要な際には、プルーヴォの側に立って証言するという約束まで、取りつけていたという。にもかかわらず、メディア王は、この老ジャーナリストに対して薄情だった。

それはともかくとして、この老いたる同僚は、熱狂的なコレクターだった。ポルト・ド・サン＝トゥアンのノミの市に出かけては、油絵に目をつけると、文字どおり鼻を押し付けるようにして見ては――極度の近視だったのである――、値切りたおすと、これを持ってジャック＝カロ通りの自宅にご帰還、額縁に飾って、そこに「セザンヌ」などと金色の小さなラベルを貼るのだった。いくつかは本物であったらしい。わたしも、あやうく彼の収集熱が感染するところだった。へたくそな絵を、わたしも何枚か買ったのだ。少女の肖像画はメアリー・カサットの作品だと、彼はご託宣を述べた。また、ビデを使っている女性の絵は、トゥールーズ＝ロートレックの手になるというのだった。

　ヴェゾン＝ラ＝ロメールの町が再生されたのが、彼のおかげであることも書いておく必要がある。スイス人で非常に裕福な住民を説得して、古代都市の修復のための費用を出させたのであるから。

**ポルト・ド・サン＝トゥアンのノミの市**とは、クリニャンクールのノミの市のこと。

**ヴェゾン＝ラ＝ロメール**は、南仏ヴォークリューズ県の町で、今ではローマ時代の遺跡観光で人気がある。

## リヴォリ通り二〇二番地

ホテル〈サン＝ジェームズ&アルバニー〉には、その名前からして、なんだか神秘的で、高級な香りがただよう。こんなことをいったのも、じつはこの場所で、わたしは尊敬している二人の作家と出会っているのだ。一人が、今日では不当にも忘れ去られているが、『アジア人』を書いたフレデリック・プローコシュであり、もう一人が、『アフリカの農場』の作者のカレン・ブリクセンだ。ブリクセンは、やせこけていて、年齢もよくわからず、なんだかラムセス二世のミイラに似ていた。

**神秘的**というのは、連想されるのが、イエスの復活を見たという兄弟「**義人ヤコブ（Saint James）**」だからか。**オールバニー（Albany）**は、ロンドンのピカデリーに一八世紀に建てられた高級な館の名で、バイロンやワイルドが滞在し、ディケンズの小説の舞台にもなった。

**ラムセス二世のミイラ**は、カイロのエジプト考古博物館に所蔵されている。

## フォーブール＝サン＝トノレ通り二五二番地

なかなか思いどおりにはならなかったけれど、それでもジャズのコンサートもいくつかは聴きに行った。生活に追われて、あまり暇がなかったのだ。トランペットでは、フィリップ・ブランとかマイルス・デイヴィスを聴くことができたが、マイルスは、ある晩、非常にご機嫌が悪くて、観客に背中を向けてプレイしていた。また、とりわけルイ・アームストロングがすばらしかった。

コンサートはサル・プレイエルでおこなわれた。彼は、丸い大きな顔の重さのせいで振り子にでもなったみたいに、左右に揺れながら舞台の前に出てきた。ちょっと窮屈そうなズボンが、まるで初めて聖体拝領をする者がはくズボンみたいだった。左手には白い大きなハンカチを、そして右手には、きらきらと輝くトランペットを持っていた。彼が〈ハイ・ソサエティ〉を吹いているときに、目玉をぐるぐると回した姿が、まざまざと目に浮かぶ。ものすごく汗をかいて、これを白いハンカチでぬぐっていた。ハンカチを一山抱えて登場して、リサイタルごとに二ダース使うのだという。

ホールではユーグ・パナシエが目についた。ニューオーリンズ・ジャズの信奉者で、自分たちが黒人でもないのに、ビーバップなどのジャズを演奏している連中を、偏狭なまでに敵視していた。彼は西部劇にでも出てくるような、おかしな恰好をしていた。わたしは記事を書かなければいけなかったので、彼に話しかけて、いくつか情報を求めた。すると、いやそうしたものは漏らさないのだという返事が返ってきた。

**サル・プレイエル**は、八区にあるコンサートホール。一八三九年にプレイエル・ピアノのショールームを併設して完成。三度の改装を経ながら、二〇一五年まで、パリ管絃楽団とフランス放送フィルハーモニー管絃楽団のフランチャイズホールでもあった。

## グラン゠ゾーギュスタン通り一五番地

わたしの書いたどの本であったのか、もはやわからないのだが、あの頃、レオ・ノエルが経営していたキャバレ〈レクリューズ〉でもらったサインがあるはずだ。その晩ここで歌うことになっているバルバラが、もう店に来ていた。そして奇妙なことを打ち明けられてしまった。バルバラがわたしに、こういったのだ。「わたしはどうもうまくいかないのよ。あと三か月、がんばってみるけど、もしもどうにかならなければ、やめて、あきらめるわ。」

〈レクリューズ〉は、レオ・ノエルたち四人が共同で一九五一年に始めたキャバレで、一九七五年まで営業していた。月曜を除く毎晩一〇時から、独自のプログラムで上演。シャンソンだけでなく、マリオネットやパントマイムなどの公演もあったが、やはりバルバラを出した店として有名である。「〈レクリューズ〉のバルバラ」と題した一九五九年のレコードもある。

## サン＝ジェルマン大通り一五三番地

わたしはサン＝ジェルマン＝デ＝プレのホテル〈タランヌ〉の部屋にジャック・オーディベルティに会いに行った。「タランヌ」という名前は、『アブラクサス』の作者にはお似合いだ。

「なにもないんですよ」、彼がいった。

実際、何冊かの本と紙、それにシーツ・クロス類を除けば、部屋はからっぽだった。

「とても奇妙なことに、何か月もだれも訪れることなく、わたしは部屋にこもっていたのですが、きょうの午後にかぎって、一〇回もドアがノックされるのですから。みんな、自分は自由だと思っていて、自発的にやってきたつもりでいるわけです。でも、統計学的にはちがうんですよ。」

このとき、ドアをノックする音が聞こえた。そして、開いたドアから大変な美女が姿を現した。オーディベルティは、わたしを追い出した。わたしがさっさと階段を下りようとすると、「きみには統計学の重要さなんか想像できまい！」と、彼が大声で叫んだ。

**アブラクサス**は、グノーシス派やミトラ信仰にまつわる聖霊で、カルロス・サンタナのアルバムで有名。
**タランヌ**は幻獣であるらしい。

# レオミュール通り一〇〇番地

なんとも敬虔ならざることではあったが、ある聖職者が《フランス・ディマンシュ》紙の編集室によく出入りしていた。C神父とか、C猊下などと呼ばれていた。彼の説明によると、ローマで長いことヴァチカンの行政に携わっていたという。猊下（モンセニュール）は、ローマ風にいうならば、「モンシニョーレ」であったにちがいない。そして今では、彼はパリ大司教区にあって、フランス全土での報道問題を担当していた。時代の先を行って、彼は聖職者の法衣も着ておらず、ただ司祭用のカラーを付けているだけだ。われわれの関係を説明するために、ふだんの会話を要約してみよう。

「わたしがあなたがたの新聞をどれほど高く買っているか、ご存じですよね。わたしはいましがた、バルベ＝ド＝ジュイ通りでの報道委員会に出てきたところなのですがね。まったく！　専門的な能力がないとだめでしょうね、司教は何人か任命しましたが。彼らは、あなたたちがしていることなど、まったく評価していませんからね。彼らが信者には禁じるべき出版物のリストにあなたのところも載せて、これを教会の扉のところに掲示したりしないようにと、わたしはものすごく苦労しているのです。さいわいにも、あなた方の新聞については、この現代のさらし台を免れるようにすることができました。そうなったら、売り上げにだって大打撃ですからね。」

「ありがとうございます、猊下。弊社へのご好意、とても助かります。」

「そうそう、急に思い出しました。ひょっとして、われわれの広報紙の定期購読を更新し忘れていらっしゃるのではありませんか？　とても役に立ちますよ。宗教界の出来事について、とにかく、このわたしだけがお知らせできる極秘のニュースが載っているのですから。」

猊下はわれわれのためを思っているのに、みんな、献金はしぶしぶだった。ごりごりの罪人《つみびと》であるわれわれにも、彼はキリスト者としての慈愛を示してくれたのに。ただ、彼はその慈愛に対して金を出させたのだ。

われわれにもっぱら非難・叱責を浴びせないほうが、戦略としては優れているとでも考えたのか、彼がわれわれに讃辞を送ることもままあった。それは、教皇ピウス一二世が、ファティマで聖母マリアが出現して、太陽がぐるぐる動きまわったといったことを、奇蹟として認め始めた時期にあたる。われわれも、こうしたことについて論評していた。やがて、猊下はこう書いてきた。

「先週末、わたしは伝道でリヨン地域に行きましたが、貴紙が教皇の幻覚についてみごとに示された資料や写真など全体に関して、非常に好意的な反響を耳にすることができました。とはいえ、このリヨネ地方では、人々はすぐ頭に血がのぼるわけではありませんので。おめでとうございます。」

しかしながら、われわれの保護者たる猊下は、われわれがかつてないほどに彼の助力を必要とするであろうことを予測させるような、ちょっとした留保を、注意深くさしはさむのだった。

「個人的には、あなたの記事が、歴史や神学の点で、まったく非の打ちどころのないものだと、保証を与えることができます。困る人たちがいるようなことでも、かまいません……ですが、適当だと判断なさるならば、わたしに事の次第を教えてください。」

「みなさま一同のわたくしに対する善意につきまして、深く感謝いたします。みなさまはすばらしいチームワークです。」

わたしとしては、ピウス一二世の神秘的な見神を、われわれがどのように報じたのかも忘れがたい。ふだんはピンナップ・ガールのイラストを描いているブルノに、教皇の挿絵を頼んだのだった。

「いいですよ。でも、わたしはモデルを前にして仕事する人間ですよ。」

たしか資料の収集を担当する協力者がいて、彼がフェルナンデル風の顔をしていた。表情をやや和らげて、眼鏡をかければ、教皇にそこそこ似ていそうだった。彼は上着を脱ぐと、襟が前にきて、法衣らしく見せるために、うしろまえに着直した。そして合掌すると、天を仰いだ。ブルノのモデルのできあがりだ。

ある日、猊下はレオミュール通りの新聞社の前のカフェで会いたいといってきた。わたしには、彼がいかなる新事実を明らかにするつもりなのか、また、なぜわれわれの地獄さながらの編集部にまでやってこないのかわからなかった。差し向かいでコーヒーを飲みながら、彼の話を聞いた。とにかく彼は、いつだってわたしよりもおしゃべりなのだ。彼のお気に入りは、最新の状況を話していて、少しでもわたしが彼ら高位聖職者について無知だとわかれば、有名な聖職者とか、カトリック教会の最上層部の名前をぽんぽんと出してくることなのだ。こう付け加えることを忘れずに。

「わたしはあの人をよく知っているのですよ。いいですか、ローマの神学校でいっしょだったのですからね。」

そして彼は、未練の念を吹き飛ばし、不当な運命を祝福するかのような手のしぐさを見せた。いったいどうして彼は、同僚のだれそれたちのように、大司教や、枢機卿や、ローマ聖庁の一員になれなかったのだろうか？　運がなく、策謀もなく、野心もなかったのだろうか？　彼はわたしの想像に任せるだけだった。

カフェの電話が鳴って、主人がカウンターの向こうから、C神父にお電話ですよと告げた。店の主人が室内を見回して、法衣姿の彼を探したが見つからない。「電話ボックスにつないでくれませんか」といって、彼はこっそり立ち上がり、そっちに行ったのだった。猊下はカフェの奥に姿を消した。戻ってきたとき、彼の丸い顔は重苦しい表情になっていた。席に座り、テーブルごしにわたしのほうに身を乗り出すと、まるでビジネスマンのような印象を与える縁なし眼鏡を通して、わたしをじっと見つめた。そして、声をひそめてこういった。

「ヴァチカンからでした。教皇のご健康に関してです。今度は、もうだめです。助かりません。」

わたしはこの知らせの深刻さに自分を合わせて、ちょっとした賞賛の気持ちもにじませながら、彼がわたしのために演じてくれたふるまいに見合う態度を示し、その場にそぐわない質問はあえてしなかった。ヴァチカンはどうして、猊下がこの時間に、パリのレオミュール通りのなんの変哲もないカフェ＝タバにいることを知っているのだろうか？　それに、教皇の健康状態を知らせるのは、なぜこれほどの緊急性を要するというのか？

別れ際に、わたしは少しばかりの皮肉を込めて、こう彼にいった。

「あなたの情報誌の定期購読を更新する件について、考えなくてはいけないでしょうね。」

さりげない皮肉であったから、わたしが感じていただけで、たぶん猊下は平然としたしたままであったと思う。

ファティマはポルトガル中部の村。一九一七年に地元の三人の子供が聖母マリアに出現を目撃、聖地となってゆく。

## リール通り一九番地

一時的に借りていた住まいに関するエピソードをもうひとつ。一九四八年六月のことである。古いけれどもとてもりっぱな建物で、中庭も堂々たる感があった。一階の階段室はガラス張りの扉で閉まっていたが、ネズミがいつも跳ね回っている姿が見られた。そして「借家人の方々には、ネズミとたわむれることを禁じます」という掲示が貼ってあった。というのも、パン屑を放ってやる住人がいたのである。

## リューベック通り三〇番地

それから数か月経った一九四九年の三月、わたしは別のアパルトマンに仮住まいすべく、トロカデロから近いリューベック通りに移った。

そのアパルトマンの持ち主は、ジャーナリズムでも、テレビでも、何でも来いという感じのエジプト人の友人だった。有力者の一族で、妹はフランス人の政治家と結婚していた。ある日、カイロに行ってフランス語新聞を経営しないかと持ちかけられたが、気乗りがしなかった。

友人の名はフィリップといったが、彼はなにもわたしにはいわずに、アパルトマンに一匹の小さな牝の黒猫を置いていった。アパルトマンでの最初の朝、ベッドマットの上には、この黒猫が挨拶代わりに運んできたネズミの死骸があった。

その五か月後、ウドリー通りに戻らなければいけなくなったのだけれど、この牝猫に無関心なアパルトマンの主人に、このまま残していく勇気がわたしにはなかった。そこで、いっしょに連れて行ったのである。

## ピエール＝シャロン通り五一番地

四月、《フランス・ディマンシュ》紙にすっかり辟易してしまったわたしは、ひそかに《パリ・マッチ》誌にもぐり込んだ。編集部ではみんなから「ボス」と呼ばれていたジャン・プルーヴォが、「実存主義者とかいって、地下の酒場かなんかで夜の時間を過ごす昨今の若者たちが、自分にはさっぱりわからないんだ」と告白した。それについて「ボス」に説明するには、記事を書かなければと思い、さっそく実行したのだった。最終的に、この説明調の長い記事は、ウィリー・リッツォとロベール・ドアノーの写真で飾られた、〈カフェ・ド・フロール〉のルポルタージュになった。わが《パリ・マッチ》滞在は、わずか二週間で終わりを告げて、《フランス・ディマンシュ》に戻ったのだが、だれもなにも気づいていなかった。

## ルールメル通り九一番地

わたしは八月一一日には、ウドリー通りの住まいに戻っていた。だが、その二日後、ここを決定的に離れることになる。親しい者からは「ジュリウス」と呼ばれていたジュール・ロワが、ルールメル通りにある2DKという、本当のアパルトマンを貸そうといってくれたのだ。ウドリー通りの狭い部屋を、詩人のアルマン・ギベールに譲るというのが、唯一の条件だった。

## サン＝ジェルマン大通り

小説『苦悩』がカミュの文学的使命を始動させたのだと繰り返しいわれる作家、詩人のアンドレ・ド・リショーは、極度のアルコール中毒で、ひどく衰弱していた。一五年近くにわたって、アンドレを後援し、養い、住まいを提供してきた、画家フェルナン・レジェの妻ジャンヌが死去した、一九五〇年を境にして、彼は酒に溺れていった。

ジャーナリストのクローディーヌ・ショネ宅でのパーティでのことを思い出す。食べ物はあまりなかったし、酒はもっとなかったので、アンドレは浴室のほうに向かった。好奇心から、あとについていったわたしが目にしたのは、なんとオーデコロンを飲む彼の姿だった！

サン＝ジェルマン大通りとラスパーユ大通りの交差点とサン＝ジェルマン＝デ＝プレの間で、「五フラン、持ってませんか」といって物乞いする彼と、よく顔を合わせたものだ。

それがたとえば、クロード・ロワのような顔見知りの相手だと、彼は「いつも通りなのですが」などというのだった。

それでも友人たちは変わることなく、彼を助けようとして苦労していた。なかでも、ロジェ・レーンハルトは、少し前にコメディ・フランセーズの支配人に指名されたピエール＝エメ・トゥシャール（愛称は「パット」）を口説いて、アンドレに戯曲を依頼させようとしていた。かくしてアンドレ・ド・リショーは、豪華で、由緒ある〈テアトル・フランセ〉の支配人のオフィスに入ることを許された。面談は順調におこなわれた。けれども、それが終わり、劇場の扉を出るときには、彼はもう「五フラン、持ってませんか」と口に出てしまうのだった。

小説『苦悩』を読むようカミュに勧めたのは、カミュの師ジャン・グルニエである。

## ドナン大通り四番地

ルールメル通りに三年間住むと、その頃には冷蔵庫も買って、それが部屋のなかでふんぞりかえっていたりして、広いところに引っ越す必要が生じた。それに、子供も生まれようとしていた。そして運よく、マジャンタ＝ラファイエットの交差点から北駅に行く、幅が広くて短いドナン大通り四番地の三階、キッチン、浴室付き四部屋のアパルトマンに借り換えることができた。これは第二帝政期の建物で、広くて、快適なアパルトマンだったが、どうやら戦後、全然手が入っていないようだった。窓ガラスも、防空用にまだ青く塗られたままになっていた。

## モンパルナス大通り

ブラッサイはよくヘンリー・ミラーの話をした。一九二〇年代末、パリに来て間もなく、ヘンリー・ミラーはブラッサイと知り合ったという。ミラーとその相棒のアルフレッド・ペルレス――作中ではカールという名前で描かれている――は、メーヌ大通りの〈セントラル・ホテル〉に住んでいた。〈セントラル・ホテル〉、〈オテル・デ・テラス〉、〈カフェ・ドーム〉、その後は〈ヴィラ・スーラ〉と、写真家と作家はいつもいっしょだった。六年後、一人の若者が二人に合流した。「ラリー」、つまりロレンス・ダレルである。〈ヴィラ・スーラ〉では、アナイス・ニンがスペインの踊り子に扮して、ブラッサイのためにポーズをとっている。『北回帰線』のなかでも、ミラーはブラッサイとともにさまよった日々をほのめかしている。わたしはその後、アルフレッド・ペルレスとはロンドンで知り合うのだが、それはまた別の話ということになる。ブラッサイは最終的にミラーについて二冊の本を書くけれど、ミラーからの評価は月並みなものだった。しかし実際は、ブラッサイがピカソについての著作を出したあとで、ミラー本人が、自分のことも同じように本にできるのではないだろうかと、ブラッサイに勧めたのである。

わたしはこの二人の相棒が会っているところに、運よく居合わせたことが何回かある。このとき、パリにやってきたミラーはカンパーニュ＝プルミエール通りに住んでいた。モンパルナス大通りの小さなレストランでの昼食のことを、わたしは覚えている。ヘンリー・ミラーはブラッサイの話を、胸の奥から出てきたみたいなうなり声をあげながら聞いていた。そして突然、彼の目が輝いたと思ったら、今度は、彼が一気に話し始めた。ミラーとブラッサイに共通しているのは、一瞬ですべてをわかってしまう能力である。わたしは二人がルールドの話を始めたとき、驚くしかなかった。わたしはその地方で育ったから、自分はこの奇蹟の町について深い知識を持っていると思っていた。ところがミラーとブラッサイときたら、二四時間以上、この町に滞在したはずもないのに、病人たちの悲愴なまでの期待感とか、いんちきな治療師たち、信仰、聖地につどう商人たち、など、すべてを見て、すべてを理解していたのだ。ミラーはとても拙いフランス語しか話せなかったのだが、それでも、少女ベルナデットが奇蹟を経験したというルールドの町での一日について、われわれに物語ろうとした。

「とにかく、いたるところで十字架が目に入るんだ。夜、ホテルでも、ぼくのベッドの上に十字架があるんだから。そこで、ぼくはどうしたと思う？　そいつを外して、溲瓶《しびん》のなかに突っ込んでやったよ！」

一四区にある**ヴィラ・スーラ**には一戸建ての建物が並び、芸術家村として知られた。ヘンリー・ミラーは一八番地に居住。

ブラッサイがミラーについて書いた**二冊の本**とは、『作家の誕生　ヘンリー・ミラー』と『未知のパリ、深夜のパリ』。ピカソについては、『語るピカソ』を出している。

## ヴィラ・エテクス

わたしの母は一九五三年に、タルブの眼鏡店の支配人となる人間を見つけて、ふつうの退職者とは反対方向に、パリへと戻ってきた。アパルトマンは、モンマルトル墓地の正面にあるエテクス通りから入ったヴィラ・エテクスにあったのだけれど、本人はまったく気に入ってなかった。嫁が選んだから気に入らなかったのだと思う。タルブの店の支配人がへたな商売をして、破産しそうになり、母はまたタルブに帰っていった。

このエテクス通りの住人では、ある老人とよく付き合った。偉大なユーモア作家にしてイラストレーターのカミで、ポー出身の彼は、全盛期にはとても有名であった。彼はあることで深く悲しみ、苦しんでいた。チャーリー・チャップリンがパリにやって来たのに、彼になんの連絡もなかったというのだ。かつてのチャーリーは、「カミはぼくと同じように悲しい。ぼくの兄弟なんだ」と宣言していたのに、というのである。

以前、このユーモア作家に関する記事を載せたことがあったのだが、わたしといっしょにアルベール・カミュによって《コンバ》紙に採用されたジャン＝ピエール・ヴィヴェには、「カミュからカミへということか！」と皮肉られた。

結局、そういうことでもかまわない。

カミは、ヴァレリー・ラルボーが、プルースト、ジョイスと並んで、二〇世紀の三大作家とみなしたラモン・ゴメス＝デ＝ラ＝セルナなどからも大いに賞賛された作家なのだと反論もできただろう。ラモン・ゴメス＝デ＝ラ＝セルナがカミに共感を覚えるのは、皮肉と、ばかげた隠喩と、地口とを結びつけた「グレゲリーア（喧噪）」という文学形式の発明家からすれば、驚くにはあたるまい。カミのとんでもない想像力も、言語に寄りかかるところが大きい。彼はことばを字義通りにとって、ことばたちは、いかにも真実らしいことの向こう側にある、おかしな状況を創り出していく。もちろん、とても変なのだけれど、それだけではない。登場人物たちが、しばしば重力の法則に立ち向かうのと同様に、カミのことばたちは、ポエジーという、別の世界へと飛び立つのである。

## セバスチャン＝ボタン通り五番地

一九五一年のこと、ウィリアム・フォークナーが娘といっしょに、〈カフェ・ド・フロール〉のテラス席にいるのを見たことがある。多くの人々が歩道を通り過ぎていく。退役軍人のような顔をした、この賢そうな男が、高名な作家のフォークナーだと、あのミシシッピの農民だと、だれが考えるだろうか？

一九五二年、「文化の自由のための会議」の主催で、〈二〇世紀の作品〉という祭典が、〈サル・ガヴォー〉で開催された。壇上には、マルロー、オーデン、サルバドール・デ・マダリアガ、そしてフォークナーがいた。マルロー、オーデン、マダリアガの三人が講演をおこなった。そして司会をつとめるドニ・ド・ルージュモンがフォークナーに発言を求めた。すると会場の人々は立ち上がり、熱烈な拍手喝采がはてしなく続いたのだった。わたしは、歴史的な「ヴォルテールの勝利」に立ち会っているかのような気がした。

一九五五年、ガリマール社で、フォークナーを讃えるカクテルパーティが催された。彼は片隅に、庭に面したフランス窓のそばにずっと坐っていた。椅子の近くの床に、ウィスキーの瓶が置かれていた。彼は、個人的かつ文学的な理由から（とりわけ、三面記事ジャーナリストとしてのわが人生という理由からなのだが）、わたしが心を打たれた作品『標識塔』に、ぶつぶついいながら献辞を書いてくれた。

わたしはしばしばこの場面を思い浮かべるのだが、手にマイクを持っている姿は思い出せない。わたしがフォークナーにインタビューしたことを最終的に信じるためには、録音テープのコピーをもらう必要がありそうだ。

〈サル・ガヴォー〉はパリ八区にあるホールで、クラシックのコンサートが中心。
アメリカ合衆国南部の作家として初めて、一九五〇年にノーベル文学賞を受けたフォークナーは、ガリマール社で平土間にいならぶ知識人たちを前にして、「わたしは一介の農民にすぎない」と発言した。

## ヴォルテール河岸通り二五番地

わたしはラジオ番組用のインタビューのために、アンリ・ド・モンテルランの自宅を訪れた。ヴォルテール河岸の建物の呼び鈴を鳴らすと、本人がドアを開けてくれた。彼は殺虫剤のスプレーを手にしていた。これは、いつも強迫観念にとらわれているこの人物の、身を守る武器なのだろうか？　客間に入ると、わたしはしばしひとりきりにされた。わたしはアパルトマンがずいぶん荒れているのに驚いた。マントルピースの上部の、鏡があるべき場所には、黒い穴があいていて、煤《すす》だらけだった。やがてモンテルランが、紙の束を手にして戻ってきた。いつもそうなのだが、わたしは以前、作業中の彼の姿を見たことがあった。質問とその回答をすらすらと書くのだった。あとは、それを読んでは、紙の音がしないようにと、一枚ずつ床にそっと落としていくだけなのである。

その帰り道、とんでもない災難だったという印象の仕上げだとばかりに、わたしは車道を工事中のカルーゼル橋を渡り、舗装したばかりのアスファルトのなかに倒れ込んでしまった。

モンテルランは、自分の著作の成功のためには、なにごとも細かく気をつかう人間だった。長いこと、寄贈本の献辞についても、わざわざ下書きを書いていた。晩年になって、そうしたことはもううんざりだと、わたしに打ち明けた。ガリマール社には「図書室《ビブリオテック》」と呼ばれる一室があって、作家たちはそこで寄贈本の献辞を書いたりしている。あるとき、モンテルランが昼食のために外出中に、ジャン・ジュネが部屋に入ってきた。署名が済んだ本が山と積まれているのに気がついたジュネは、いかにも卑猥な献辞を付け加えていった。そのことにだれも気がつかぬまま、モンテルランの著書は寄贈先に送られた。それらには今日では、たぶん稀覯本なみの価値があるにちがいない。

## エリゼ＝ルクリュ大通り一八番地

一九五七年頃であったか、われわれが「小男」とあだ名を付けていたピエール・ラザレフにいわれて、サッシャ・ギトリにインタビューしに行った。シャン・ド・マルスのエリゼ＝ルクリュ大通り一八番地にある邸宅を訪れたわたしは、使用人たちが「ご主人さま！ご主人さま！」といいながら、いつまでも右往左往している様子に、のっけから驚かされた。そのご主人さまがわたしに最初にいったのは、話したくないということだった。「お元気ですかとあなたに聞かれたら、わたしの答えは元気ではないということなのだよ。」だが、それから後、彼がいったん話し始めると、わたしは質問もできないほどだった。わたしはベルナノスのことを思い出していた。彼も最初は「話すことはなにもない」と断言するくせに、それから話し出すと、ものすごく饒舌になるのだった。

話し終えたサッシャ・ギトリが、どこの新聞のインタビューだったか、もう一度教えてくれといった。

「《フランス・ソワール》紙ですが。」

これを聞いて、彼はすごくびっくりしたみたいだった。ピエール・ラザレフと一悶着あるのだった。彼の新聞のインタビューに同意するなど、まったく問題外だった。

「われわれの会話は二人だけのものにしておくほうが、けっこうじゃないのかい？」と、彼はいった。

そこでわたしは、われわれの会話というか、彼のモノローグ記事をボツにした。ところが、それからほんの数日後に、《フランス・ソワール》紙を開くと、サッシャ・ギトリの署名入りの記事が載っているではないか。どうやら、ラザレフと仲直りしたらしかった。

その後、ジャクリーヌ・ドリュバック、ジュヌヴィエーヴ・ド・セレヴィルという、サシャ・ギトリの先妻二人と、交渉らしきものをした。彼女たちは、それぞれ回想録を書くので、手伝ってほしいというのだった。わたしが覚えているのは、後者が『彼の屋根の下のわたし』というタイトルを考えていたということだけだ。

## セバスチャン＝ボタン通り五番地

一九五八年の五月一三日、クロード・ロワとわたしは、ガリマール社の図書室で落ち合った。クロードは小説『愛する不幸』の、わたしは小説『待ち伏せ』の寄贈本に署名をした。二人とも、浮かぬ顔をしていた。フランスの制度が変わったまさにその日に刊行された、われわれのまことに斬新なる臆病な恋人たちは（二つの小説に登場するのだ）、はたしてどうなるだろうと不安で仕方がなかったのである。

五月一三日、「フランスのアルジェリア」を支持するアルジェ駐留のフランス軍や入植者の暴動がクーデターへと拡大した。その結果、大統領ルネ・コティは六月一日、隠棲していたド・ゴールを首相に指名せざるをえなくなる。大統領に強力な権限を付与する新憲法制定を主張するド・ゴールは九月二八日、新憲法を国民投票で承認させ、一〇月五日に第五共和政が成立した。

# コーランクール通り六一番地

一九五八年の秋、母がパリに戻ってきた。コンスタンティーヌで眼鏡屋をしていたものの、アルジェリアを離れるという人たちに、タルブの店を売却したのだった。そしてコーランクール通りにアパルトマンを購入して、これを終身年金に換えたおかげで、収入がもたらされた。母はこの住居をとても快適だと思っていた。一階にあって、中庭から入るのだった。寝室の窓から眺めると、四階にあたり、モンマルトルの丘の北斜面が見下ろせた。一九七〇年の九月、母はこのアパルトマンで生涯を終えた。早朝、われわれは霊柩車に乗り、ピレネー山脈のオービスク峠のふもと、わたしの妹のオデットが眠るアルジュレス＝ガゾストの墓地にたどり着いた。

## ラマルク通り

コーランクール通りから階段をぽんぽんと降りてしまえば、そこはラマルク通り。メトロの入口のすぐそばには、〈霧の城〉という名前の本屋があるのだけれど、これはモンマルトルの有名な建物を暗示している。『霧の城』というタイトルの小説も、ロラン・ドルジュレスにある。母がこの本屋の前を通りかかると、ウィンドーにわたしの著書が飾られていたという。例によって自信満々の彼女は、店に入るなり、「わたしは著者の母です」と告げた。書店主のモーリス・ジョワイユーが、「息子さんと知り合えたら、ありがたいのですが」と答えた。こうしてわたしは、ジョワイユーとその家族と親しくなった。ジョワイユー（うれしい、陽気な）とはできすぎた名前で、彼はルイーズ・ミシェル一派と、《無政府主義世界》紙という、モンマルトルのアナーキストたちの推進役なのだった。母は、アナーキストたちのところに、このわたしを招き入れたのだ！　彼女の人生とわたしの人生における、なんとも奇異なできごとのほんの一コマである。

自身も小説家であるモニク・ランジュは、ガリマール社で外国文学を担当しているのだが、大変に優しい友だちだ。彼女は、ベルクソンやエマニュエル・ベルルと血がつながっているのだけれど、なによりも、アメリカの作家たちにとってチャーミングな話し相手なのだった。フォークナーもヘミングウェイも、パリにやって来ると、彼女と出かけたがった。

アメリカの有名な出版人アルフレッド・クノップの細君であるブランシュ・クノップはホテル〈リッツ〉に宿泊して、そこにフランスの作家たちを呼ぶのが習慣だった。わたしの小説も一九六〇年にクノップ社から翻訳が出たので、定宿の豪華ホテルで会うことになった。二人でロビーのソファーに座ると、フランスやイタリアの文学の新刊書などについて聞かれた。わたしが作品名を出すごとに、彼女は「アメリカには、どうも合わないわね」と、すげなくいうのだった。こうしてあれこれ興味深い話をしているところに、ヘミングウェイとモニク・ランジュが入ってくるのが見えた。わたしの姿に気づいたモニクは、ヘミングウェイと会えればわたしも喜ぶだろうと思って、ヘミングウェイをわれわれのほうに引っぱってきた。ところが、二、三歩歩いたところでヘミングウェイは、ブランシュがいるのに気づくと、厄介な婆さんだと思っているにちがいなく、さっと引き返してしまったのである。

## シテ・ヴェロン通り六番地の二

ジャック・プレヴェールは、〈ムーラン・ルージュ〉の横の袋小路シテ・ヴェロン通りに住んでいた。その〈ムーラン・ルージュ〉の屋上には小屋が建っていた。大通りからだと、風車に隠れて見えないのだが、ボリス・ヴィアンはそこに住んでいたのだ。それで、みんなはそこを「三太守のテラス」と呼んでいた。「三太守」こと、ボリス・ヴィアン、ジャック・プレヴェール、そしてプレヴェールの愛犬という、「コレージュ・ド・パタフィジック」の三高官を讃えての呼称である。

一九五九年、レーモン・クノーが副執政官、すなわちこのコレージュの最高指導者の唯一の選挙人に指名された。クノーは、ギヨーム・アポリネールが「バロン・モレ」と命名したところの、一人の老人を副執政官に選んだ。元々は、アポリネールの秘書というか、もっと俗っぽくいうならば召使いかなんかだったのではないだろうか。秘書といったほうが好ましいが。彼は居候《いそうろう》のような人生を長く過ごしてきて、あちこちのカフェでの思い出話をしてくれた。この新たな副執政官の就任式典の場所として、「三太守のテラス」が選ばれた。「バロン・モレ」は半身付随となり、階段を上ることもできなかったので、椅子に載せて、これをテラスまでかつぎ上げた。

プレヴェールといえば、彼があちこちにまき散らすようにして書いた詩を、雑誌や新聞などで見つけたのがうれしくて、書き写しては、おたがいに教え合ったりしたことが忘れがたい。そして一九四五年には、ルネ・ベルトレがやっていた出版社「エディション・デュ・ポワン・デュ・ジュール」のおかげで、詩集『パロール』が出たのだった。わたしは妹にあげた本を、いまでも持っている。しかもその表紙はブラッサイが手がけた、落書きの写真で飾られているのだ。

詩人の晩年、わたしは出版関係の問題で、シテ・ヴェロンの彼のところでいっしょに働いた。

パリの通りに捧げられた拙著にプレヴェールが登場したからには、詩集『ファトラ（がらくた集）』から、「パリよ、ぼくはおまえのために、ぼくの通りを汚すんだ」という詩を引用せずにはいられない。

## レクトゥール＝ポワンカレ大通り

「メゾン・ド・ラ・ラジオ」が建てられているあいだ、われわれは、そのすぐ近くのレクトゥール＝ポワンカレ大通りにあった大きなスタジオで放送をおこなっていた。そしてこの大通りには、女性作家ジェラール・ドゥーヴィルが住んでいて、わたしはインタビューをする羽目となった。わたしはひとりのとても不愉快な老女に、（つめたく）迎えられた。おまけに、彼女の作品にわたしはあまり興味もなかった。それからあとは、絶えず自分の無知を嘆くこととなった。知っていればよかったと、後悔しても遅い。ジェラール・ドゥーヴィルというのは、詩人ジョゼ・マリア・ド・エレディアの魅力的な三人の娘のうちの一人で、ピエール・ルイスの恋人でもあった、マリー・ド・レニエなのだった。そして一八九四年、ジョゼ・マリア・ド・エレディアがアカデミー・フランセーズ会員に選ばれると、マリーはこれをばかにして、「アカデミー・カナク（カナク族のアカデミー）」を設立し、女王たることを宣言した。ピエール・ルイスはあまりに貧乏であったから、彼女はアンリ・ド・レニエを夫とした。ルイスは、これが性的関係を伴わない結婚であって、マリーが本当はレスビアンであることをほのめかしている。小説『アフロディット』の作者はどうやら、「ティーグル（虎）」という派手なあだ名をもつマリーの息子の父親であるらしい。彼女はまた、とりわけジャン・ド・ティナンとも深い関係になった。一八九九年、ピエール・ルイスはマリーを引き止めることができず、ついにその妹ルイーズ・ド・エレディアと結婚してしまう。この間、あわれなアンリ・ド・レニエは、何度もヴェネツィアに滞在しては、自分を慰めるしかなかったのだ。「悲しいことが心なごむような場所が存在する」と、レニエは書いている。また、「悲しみがわれわれを襲うのに、どこよりも苦労する迷路のなかにでもいるような気分なのだ」とも記している。ピエール・ルイスが撮影したマリーのヌード写真が残されているけれど、欲情をそそるほどのやせぐあいなのである。

　ところが、わたしはこうしたことなど、なにも知らなかったのだ！

　そしてわが訪問からしばらくして、ジェラール・ドゥーヴィルはひどい死を遂げる。部屋着に火がついて、焼け死んでしまったのだ。

**「メゾン・ド・ラ・ラジオ」**は、一九六四年に完成した、フランス公共放送局の建物。アンリ・ベルナールの設計により、円周五〇〇メートルの本棟と、高さ六八メートルの塔から成る。

**カナク族**はニュー・カレドニアの先住民で、一時期、独立運動も盛んであった。

## レオミュール通り一〇〇番地（またしても、例によって）

　一九四四年、《コンバ》紙などの新聞を編集していたレオミュール通りの建物の階段で、カミュと初めて会ったことは、すでにお話しした。一九六〇年一月四日月曜日の午後、この階段を上がっていると、一人の秘書がわたしを呼び止めると、こういった。

「どこにいたんです？　みんなであなたを探しまわっていたのよ！」

「どうして？」

「ピアの住所が知りたくて。」

「どうして、ピアの住所が必要なわけ？」

「ええっ！　知らないのね。カミュが死んだのよ。」

　このことを知ったわたしは、妙な反応を示すこととなった。まるで逃げ込むかのように、印刷機のある階に行ったのだ。そこに行けば、一五年前に、カミュとともに、組み版を前にして幾晩も過ごした植字工や印刷工が見つかると、わたしにはわかっていた。そこには、みんなにベベールと呼ばれていた、元職工長のロワもいたし、古くからの編集次長のダニエル・ルニエフもいた。ダニエルはかつて、《フランス・ソワール》紙でカミュといっしょだったし、一九四〇年にクレルモン＝フェランに脱出した際には、カミュと同じ部屋で寝泊まりしていたのだ。われわれは、なんといってよいのかもわからず、印刷室の片隅でじっとしていた。わたしの眼差しはたえず、ドアのそばの一角に向いてしまった。カミュはしばしば、そこでページ組みに目を光らせては、校正刷りに直しを入れたりしていたのだ。そして一人が、ようやく口を開いた。

「きみがカミュの死亡記事を書くなら、ぼくたちが彼の仲間だったことをちゃんと入れてくれよ。」

やがて、印刷工や校正者たちは、『アルベール・カミュへ。彼の本の仲間たち』というタイトルの本を書くことになる。彼らはわたしに序文を依頼することで、仲間に入れるという栄誉を与えてくれた。

カミュは、ミシェル・ガリマール（ガストンの甥）が運転する自動車でパリに向かう途中、ヨンヌ県ヴィルブルヴァン付近でタイヤがパンク、立ち木に衝突して即死、ガリマールも手術中に死亡した。『アルベール・カミュへ。彼の本の仲間たち』は、一九六二年、ガリマール社から出されている。

## ラファイエット通り

一九六一年一月、アリダ・ヴァッリとファーリー・グレンジャーが主演した、ヴィスコンティの《夏の嵐》を、いまはなき〈シネマ・ラファイエット〉に観に行った。イタリアの国家統一運動の時代を背景にした、この衝撃的な傑作の影響があったのだろうか？ わたしが思うに、これが引き金となって、それまでずっとくすぶっていたものに火がつき、最初の妻との破局を迎えたのだった。

《**夏の嵐** *Senso*》の公開は一九五四年であるから、リバイバルを観たのである。

# レオン通り二〇番地

そして、新たな伴侶の住む、グット＝ドール界隈のステュディオに転がり込んだ。わたしはこの界隈がエミール・ゾラの『居酒屋』の舞台であることを思い出した。だが、いまはアルジェリア戦争の時期。北アフリカの人々であふれるこの地区を、武装した「アルキ」が行き交っていた。

ある日、ガスのにおいがした。同じ階で隣に住む男も、妻子を捨ててきたのだったが、心身の調子をひどく狂わせてしまい、ついにみずから命を絶ったのだ。ソファーベッドの上で死体となった彼を発見したのは、このわたしだった。

いささか奇妙なことに、わたしはそれから七年後の一九六八年九月、このレオン通りにまた舞い戻ることになる。またもや離婚を余儀なくされたわたしは、先妻からこのステュディオとわが人生を引き継いだ女性といっしょになったという次第なのである。

## ドルオ通り二番地

パメラ・ムーアは「アメリカのフランソワーズ・サガン」と呼ばれていた。一八歳で書いた小説『チョコレートで朝食を』が彼女を有名にしたのだ。（そういえば、「イスラエルのサガン」ヤエル・ダヤンもいれば、「アルジェリアのサガン」アシア・ジェバールもいる。）パリに立ち寄ったとき、パメラ・ムーアはジルベール・ベコーと会いたいといってきた。変な考えを起こしてとは思ったものの、わたしは両者の出会いをセットした。ジルベール・ベコーは、ドルオ通り二番地の二階にあって、やってはいるものの、もはやかつての活気を失った、神話的なディスコ〈ゴルフ・ドルオ〉で会おうといってきた。出会いは楽しいものとなった。その後、一九六四年に、われわれはこの若き女性小説家の自殺を知らされた。

『**チョコレートで朝食を**』が出版されたのは、サガンの『悲しみよこんにちは』（一九五四年）の二年後だった。

## ナシオン広場

わたしはまた、ゴーストラーターをすることになった。今度はシルヴィー・ポールの代作だ。彼女を泊めたヌーヴ＝デュ＝テアトル通りのホテルの女主人を、瓶で殴って——酔った女どうしの喧嘩である——殺して、死体を地下室に隠した罪で、一〇年間の刑を終えたところだった。彼女はずいぶんと異常な性格の女である。子供の頃から盗癖があり、ラーフェンスブリュックの収容所送りになると、そこを脱走している……。とにかく、殺人を犯す前に、早くもジャン＝ルイ・ボリーの小説に着想を与えているのだからすごい。彼女に会いに行くようにと、わたしを送り出したのはピエール・ラザレフだった。ラザレフは彼女の視線に魅了されたのだった。その強い眼差しは、粗悪な新聞紙などは貫通しそうに思えたのである。

出所後、プロテスタント系の施設が彼女の身元を引き受けた。わたしはその施設があるセートで彼女と会った。するとシルヴィーの弁護士が、彼女をナシオン近くに住む夫婦に預けたらどうかと、突拍子もないことをいいだした。突拍子もないというのも、なにしろアルジェリア戦争のさなかで、彼女を受け入れる当のジャン＝ジャック・ルーセは、「民族解放戦線ＦＬＮ」の支援組織のメンバーで、独立反対派の非合法組織ＯＡＳは、彼に有罪宣告をしていたのだ。彼はメッサリの支持者たちにも被害を与えていたに相違なく、彼らはルーセの殺害を決定していた。そればかりかルーセは、なんとＦＬＮフランス連合会長の細君の誘拐事件まで引き起こし、ＦＬＮも彼の命を狙っていた。三つの過激な集団の標的となっていたのである。

　このような人物たちの家まで、わたしは週に二、三回、重いテープレコーダーを背負って、シルヴィー・ポールの回想を収録しに行ったのだった。ほんのわずかな物音がしても、われわれはこわくなった。もう少しでベッドの下に逃げ込むところなのだった。とうとうわたしは彼女の弁護士を説得して、もう少し安全な住居を見つけさせるようにした。

　一方、このアパルトマンの主のほうはといえば、あらゆる脅威に押しつぶされそうになりながら、結局のところは、癌でくたばったのだった。

この本は**シルヴィー・ポール**『私を裁かないで』(*Ne me juges pas!*, 1962, Gallimard) で、グルニエが序文を書いている。また彼女のことは短篇「罪の天使」(『写真の秘密』)、「もう一つの人生へ」(『編集室』) にも書いている。

**ボリーの小説**とは、『もろい女、あるいはタマゴの籠』(*Fragile ou le panier d'œufs*, 1950, Flammarion) のこと。

## マルカデ通り一二七番地

一九六一年六月、われわれ夫婦はマルカデ通りに、テラス付きのアパルトマンを見つけた。これは通称「緑の家《メゾン・ヴェルト》」の跡地に新しくできた建物である。どうやら一八七一年、英国の牧師がこのあたりを訪れて、パリ・コミューン後の廃墟を目の当たりにしたらしい。また、モンマルトルの住民たちがまったく信仰をいだいてないことに接して、彼らにキリスト教の福音を説くべきだと考えたのだった。そこで彼はこの土地に住みつき、この「緑の家《メゾン・ヴェルト》」という礼拝と集会の場所を建てさせたのだ。そうしたいきさつもあり、この新しくなった建物の中庭にも、デファンス地区にあるＣＮＩＴ（国立工業技術センター）を小さくしたような形の教会が建っている。

雑誌《エル》の女性編集者たちは、みんな友だちなのだけれど、わが家のテラスに夢中になっていた。わが家のテラスをヒントに、「パリのあなたのテラスを庭に変身」という特集が組まれたりした。そして三日間のあいだ、彼女たちはテラスに草木や鉢植えを、あらゆる撮影機材を運び込み、電話も使えるようにした。結果はすばらしいものだった。ところがその三日が過ぎると、がっかりすることに、すべてを運び出してしまい、わが家のテラスは元のがらんとした空間に逆戻りしてしまったのだ。

このマルカデ通りには、「緑の家《メゾン・ヴェルト》」以外にも、いくつか見どころが存在する。二本の奇妙なカリアティード（女像柱）で飾られた家があるというか、正確にはあったのだ。その彫像は潜水夫の姿をしていた。ところがある日、その家も、潜水夫も、影も形もなくなっていた。わたしとしてはできれば、歴史的建造物に指定してほしかったのだが。

# モンパンシエ通り三六番地

『二〇世紀のアーカイブ』というテレビ番組用に、パレ゠ロワイヤルのエマニュエル・ベルルのアパルトマンで四時間ほどの収録をおこなったことがある。

その後、妻で有名な歌手でもあるミレイユが、このときのことを思い出して、収録中は台所に閉じこもっていたのだけれどといって、こう教えてくれた。

「あるとき、あなたたちがゲラゲラ笑っているのが聞こえたのよ。それで、わたし、ドアを開けてみたの。そしたら、あなたたち、なんと死について話している最中だったわ。」

# モンタランベール通り五番地

〈ポン＝ロワイヤル・ホテル〉の地下にはバーがあって、ちょっとというか、かなり、ガリマール社の別館に近い存在だった。こうして一九七五年のある日、わたしはここでアレホ・カルペンティエルと出会うことになる。彼がいっしょに一杯飲もうと誘ってくれたのだ。〈ポン＝ロワイヤル・ホテル〉のバーの薄暗がりのなかで、われわれはあれこれの話をした。彼は完璧なフランス語を話したので、わたしはいつも、彼がスペイン語を話すとモンパルナス訛りになるような気がしていた。当然ながら、執筆中の作品について聞いてみた。すると、一八世紀に一人のメキシコ人が、モンテスマに扮して、カーニヴァル期間のヴェネツィアに上陸する話だと教えてくれた。そしてモンテスマは、ヴィヴァルディやヘンデルを連れて、サン＝ミケーレ島の墓地のストラヴィンスキーの墓前に行くのだという。そして、たぶんルイ・アームストロングのトランペット演奏も出てくるだろうとか、あれこれ話すのである。

わたしは、このキューバ人作家は完全におかしくなったのだと思った。彼が、『バロック協奏曲』というすばらしい小説を物語っている——実際、語り口がひどく拙かったのである——のだとは、思いもしなかったのである。

それからしばらくした一九八〇年、わたしはアレホ・カルペンティエルに、彼が訳したピカソの詩が、画家の未亡人のジャクリーヌに気に入ってもらえなかったことを説明するという、つらい役目を背負わされた。その多くは、品が悪いという理由だった。たとえば彼女は、「los ojos」を「les yeux」と訳してほしかったというのだ。「でもね、スペイン語を少しでも知っている人間なら、los ojos とあれば、それが尻の穴だとわかっているんですよ！」と、彼は叫んだ。

われわれは、フランシスコ・デ・ケベードのソネットが次の一行で始まることを思い出した。

> われわれが屁と呼ぶところの、尻の穴（ojo）の声

『バロック協奏曲』のスペイン語版は一九七四年、フランス語訳は一九七六年に出版された。鼓直による邦訳（サンリオSF文庫、一九七九年）。ここで言及されるピカソの詩とは、一九七八年にガリマール社から刊行されたピカソの詩集『オルガス伯の埋葬』のこと。カルペンティエルがフランス語に訳して、「すべての開かれたドア」と題する文を寄せている。ケベードの詩は「屁に捧げるソネット」のこと。

## テアトル＝フランセ広場

詩人のジャン・フォランが、一九二三年、生地ノルマンディのカニズィ村からパリに上京したときのことを語っている。

「ぼくは二十歳だったけど、すぐにコメディ＝フランセーズに飛び込んだんだ。

——なにを演じていたのですか？

——もう、わからない。

——もうわからないとは？

——忘れたんだ。わかってるのは、サラ・ベルナールがいたということ。

——でも、彼女はどの作品をやったのですか？

——わからないな。ぼくは、「おまえは、ヴィクトル・ユゴーがキスした女を見ているんだぞ」と思いながら、公演のあいだずっとサラ・ベルナールを見ていたんだ。」

どうして司法官という職業につけるんです、詩人になりたいなら、いくらなんでも変じゃないですか、と聞かれると、ジャン・フォランは答えていた。
「ぼくは温厚だからね。」

サラ・ベルナールは、一九一五年に右足を切断、一九二三年三月二六日、サッシャ・ギトリの映画撮影中に、パリ一七区のプルール大通り五六番地で亡くなった。ここでは、フォランの記憶のいいかげんさを言っているのか。

## フォーブール＝サン＝ジャック通り八一番地

ブラッサイが、わたしと同郷のポー出身の女友だちジルベルトと結婚すると、彼は大変な親友にというか、ほとんど家族も同然となった。ノートル＝ダム＝デ＝シャン教会で彼を結婚させたのもわたしだし、モンパルナス墓地に彼を埋葬したのもわたしなのだ。フォーブール＝サン＝ジャック通りとサン＝ジャック大通りとの角にある、狭小にして、大した設備もない、彼のアパルトマンによく行ったものだ。浴室は写真用の暗室として乗っ取られていたし、いたるところに、本だけではなくて、ウサギの骨、小石など、とにかくこの世代のシュールレアリストが好むあらゆるたぐいの小物がなんでもかんでも置かれていた。

当時はまだ有名になったばかりといった感じのジャン・ジュネが、写真撮影のために、フォーブール＝サン＝ジャック通りのブラッサイのアパルトマンにやって来た。

「無意識のうちに、ジュネは窓の外に目をやった。彼はもう、そこから目を離すことができなかった」と、ブラッサイは語っている。

つまり、ブラッサイのアパルトマンからは、サンテ刑務所が見渡せたのである。ジャン・ジュネは男友だちといっしょにもどってくると、窓から外を見てみろよといった。だが、その若者はなんの反応も示さなかったという。

「なんてこった！　おまえはわからないのか？　サンテ刑務所じゃないか！」

「だって、ぼくは刑務所を内側からしか知らないから。」

ジュネが最初の小説『花のノートルダム』、第二作『薔薇の奇蹟』を書き始めたのは、サンテ刑務所に服役中のことだった。

## ラモー通り

そのジュネが、ある日、わたしにこう話した。

「わたしの住所はすばらしいんだ。ジュネ、〈百合の花ホテル〉、ラモー通りなのだから。」

誇らしげだったとはいえ、彼が長くそこにとどまったとは思えない。彼はしょっちゅう引っ越していた——宿代も払わず、パジャマやシャツなど身の回りのものも置いたまま。通常、ホテル側はそれらをすべて、ガリマール社に送っていたのである。

## ドーフィーヌ通り一六番地

妻と仲たがいしてマルカデ通りを去ることになったわたしは、一九六六年五月九日、ドーフィーヌ通りのクロード・ロワと細君のロレ・ベロンのところでかくまってもらった。とても狭い食堂のソファーに寝た。

## ヴァンセンヌ、パリ大通り一四〇番地

市外といっても、ほんの少し出ただけの、メトロならばサン＝マンデ駅、ヴァンセンヌのパリ大通りに、ごく短期間住んだことがある。小さな庭のついた一戸建ての家だった。屋根にのぼるのも簡単だったから、なにかというと屋根に上がりたがった。昔からの夢だったのだ。

# ルールメル通り一五四番地

ヴァンセンヌにはほんの数か月しかおらず、すでに述べたように、レオン通り二〇番地にごく短期間いてから、わたしは新たな生活のために、ルールメル通りにアパルトマンを見つけた。一九四九年に住んでいた九一番地よりも南になる。今度の一五四番地というのは、むしろバラール広場の近くだった。当時は、さして遠くないパリの外周道路沿いに住んでいた友人イヴァン・オドゥアールとともに、文学集団に属しているのか尋ねられたときには、「ええ、バラール広場派に」と答えたものだ。サン＝ジェルマン・ポインターの愛犬ユリッス（ユリシーズ）が、われわれの人生に入ってきたのは、このルールメル通り時代である。

## ヴィクトル＝シェルシェール通り一一番地の二

シモーヌ・ド・ボーヴォワールに会いに自宅に行った。一九七〇年のことだ。『老い』が発売されたばかりだった。老人なる存在を、その「商標」をすべて示そうという配慮のもとに記述した著作である。彼女が聞いてきた。

「あなたは本当に、ばかばかしくてやってられないといったのかしら？」

「ええ、そういいました」と、白状するしかなかった。

## ジュノ大通り二四番地

一九七二年の初め、モンマルトルに戻った。もっともこれは、ちょっとした手術のために、数日間の入院が必要であったからにすぎない。その後、ミシェル・モルガンと義理の娘のダニエル・トンプソン出演のテレビドラマの仕事で、わたしはこのジュノ大通りに気持ちよく再会することになる。ダニエル・トンプソンは、この大通りの上のほうの、そもそもは有名なブランシュ博士のクリニックであったところに住んでいたのである。

## ロケット通り一七三番地

わたしは著書を出すたびに、《ラジオ＝リベルテール》のスタジオに招かれた。スタジオは最初、アベッス通りにあったのだが、ロケット通りの上のほうの、むしろ狭い場所に移った。それにしても、時間の経つのはなんと速いことか。モーリス・ジョワイユーの孫たちが、そこで働いていたのだから。そして、ほかのスタジオでは到底見られない光景なのだが、超有能というしかないアレクサンドリーヌがわたしにあれこれ質問しているあいだ、彼女の夫は、赤ん坊にミルクを飲ませながら、録音をチェックしていたのだ。数年経ち、何度かインタビューに応じているうちに、二番目の赤ん坊ができて、ふたりは大きくなって少女に、そして若い娘となり、やがて飛び立っていった。

## リール通り七八番地

珍しいことがあったから、忘れずに書いておきたい。リール通りのドイツ大使館主催の文学パーティに招かれたことがある。招待客を驚かせるために、浴室も大きく開かれたままとなっていた。というのもこの建物は、かつて、ジョゼフィーヌ皇妃の息子、ウージェーヌ・ド・ボーアルネの屋敷だったのである。彼は浴室を、アンピール様式の傑作として、くつろいだ空間に仕上げさせたのだが、途方もなく豪華だった。

**アンピール様式**は、その名の通りナポレオン帝政の時代に流行した建築・装飾・家具などの新古典主義様式で、一九世紀後半まで続いた。

## バック通り八一番地

ついにわたしは目標を達成した。一九七二年にフェミナ賞を受賞して、グルネル通りとヴァレンヌ通りのあいだの、バック通り八一番地にアパルトマンを買うことができたのである。不動産価格がいちじるしく上昇した今日では、こうしことはもはや不可能であろう。当時は、秋の大きな文学賞のほとんどは、幸運な受賞者にアパルトマンが買えるほどの収入をもたらしたのだった。

わたしは自宅を出ると、しばしば通りを渡っては、上を見上げてわが家の彫像に敬意を表するのだ。窓と窓のあいだにニンフの彫像が三つあって、二世紀にわたる日差しや風雨ですり減っている。でも、それらはわが階の、わたしのアパルトマンの一部なのだから、わたしのものだと思う。でも、わたしにはそれらが、向かい側の歩道からしか見えない。さもなければ、わがアパルトマンの窓から思い切り身を乗り出すという危険を冒さないとだめだ。もっとも、いくら身体をひねっても、彼女たちの胸やお尻をなでることはできないし、厳しい年月により損傷した顔をそっと愛撫してやることもできない。

わたしの住む建物は、フランス革命で破壊された「修静派女子修道会《クーヴァン・デ・レコレット》」の跡に建っている。「修静派修道士《レコレ》」の話はよく聞くが、「修静派修道女《レコレット》」というのは聞いたことがない。「修静派女子修道会《クーヴァン・デ・レコレット》」は、ここに広大な土地と建物を所有していたのだが、いまでは古い教会しか残されておらず、そのときどきによって、集会所、劇場、ダンスホールとして使われてきた。わたしがこの通りに移ったときには、ヨガ教室と体操教室になっていて、アパルトマンの窓から見えた。現在では、家具業者が入っている。また、「修静派修道士会《レコレ》」も、すぐ近くのヴァレンヌ通りにあった。たぶん近すぎたのだろう。両者を遠ざけるのが賢明だと判断されて、「修静派修道士会《レコレ》」は東駅の界隈にまた戻った。

修道院はその昔、隠遁を望む貴族の夫人たちに、ちいさなアパルトマンを貸していた。マダム・ド・ショワズールもそうした理由から、わが家がある場所で暮らしていたわけである。優れた大臣としてルイ一五世に仕えていた夫が死ぬと、彼女は自分の財産を借財の支払いに充当して、この修道院にいたが、革命が勃発し、ここを出て隠れ住むのが賢明だと考えたのだった。

## バック通り一〇八番地

バック通りに住むようになってから、わたしはほとんど毎日、ロマン・ギャリと出会った。バック通りは彼の祖国なのだ。ギャリはつねづね、自分にはタタール人、ユダヤ人、ロシア人、ポーランド人など、多くの先祖の血が流れているから、世界市民にも、ヨーロッパ市民にも、いやフランス市民にさえなりたいとは思わないと語っていた。人は小さな田舎に属すべきだし、さもなければ属さなければいいとまで思っていた。そこで、ギャリはバック通りに属したのだ。

同じ一〇八番地には、ロラン・デュビヤールもいた。とても独創的な作家にして役者で、ラジオ放送された『グレゴワールとアメデ』はわれわれを大いに楽しませた。彼は『素朴なツバメたち』とか『骨の家』といった芝居も書いていた。夜遅く帰宅するとき、彼が道を渡って反対側の深夜営業の食料品店〈プルチネッラ〉にウィスキーのストックを仕入れに行く姿を見かけたものである。

当時、わが家では家政婦を雇っていたのだけれど、独占していたわけではない。デュビヤールや、界隈の連中、特に慈善団体〈カトリック救済会〉の会長ロダン猊下などと、家政婦マリアをシェアしていたのだ。「猊下はなんでも読んでますよ。ガリマール書店の本もね」と、マリアは話していた。あるとき、彼女がとてもショックを受けたような様子をしていたので、理由を聞くと、《プレイボーイ》誌を見つけてしまったというのだ。彼女がショックを受けたのは、ロダンが高位聖職者であることではなく、年齢のせいだった。

「あの方のようなお爺ちゃんに、あんなものは必要ないでしょうに！」と、彼女は嘆いていた。

## バック通り一二〇番地

この通りをもう少し先に行くと、小さな辻公園があり、その正面にシャトーブリアンが住んでいた建物がある。そこには大使となるジャック・ティネといっしょに、テレビのラグビー中継を見に行ったりした。ジャックは、わたしが知っているもっとも魅力的な男の一人で、ユーモアも教養もたっぷりの人間であった。

## バック通り一四〇番地

しばしばというか、ほとんど毎日のように、「奇蹟のメダルの礼拝堂」はどこですかと、人に聞かれる。こうした巡礼者のなかには、シチリア人とかアイルランド人が多い。で、わたしは、「ボン・マルシェ百貨店のすぐ手前、右の歩道です」と教えてやる。詩人のジャン・グロジャンはガリマール書店の柱石ともいえる一人だが、もとは司祭であって、自分は聖女カトリーヌ・ラブレ（聖カタリナ・ラブレ）の親類だとわたしに語ると、すかさずこう付け加えた。

「彼女はね、家族のなかの、役立たず者ですよ。だから修道女にしたのです。ところが修道会に入っても、なにもする気などなかったのです。それで、聖母マリアを見たなどとほざいたわけですよ。」

こうしたことを口にしたものだから、彼は「奇蹟のメダル」を管理しているサン＝ヴァンサン＝ド＝ポール修道会のシスターたちから、しつようなまでの反感を買ってしまった。

## ブシコー小公園

夜になると、わたしは愛犬ユリッス（ユリシーズ）を連れて、ブシコー小公園のあたりまで散歩させに出かける。そこには山積みにしたラードのような石のかたまりがあり、〈ボン・マルシェ百貨店〉の慈悲深い創設者ブシコーの像だと考えられている。こうして小公園をまわっていると、奇妙な出会いをすることがあった。たとえば、ロッセリーニの《無防備都市》の主演スターで、その後監督もした、俳優のマルチェロ・パリエーロが犬を散歩させているのに出くわしたりした。ある晩、可愛らしい老婆が近づいてきて、こういった。「あなた、わたしのことわからないの？　マリアンヌ・オズワルドよ！」わたしは、戦後フランスに戻ってきた彼女が、ホテル〈ルテティア〉の屋根裏部屋に住んでいることを知ってはいたのだが。アルベール・カミュが一九四六年、ニューヨークのバワリー街の安っぽい音楽酒場で歌っている彼女を見つけて、パリに連れ帰ったいきさつについては、すでに書いたことがある。また、彼女がどうにも手に負えなくなったカミュが、このわたしが彼女のためになにか演し物を書くからといって、彼女を厄介払いした話も書いた。わたしは最善を尽くしたのだけれど、どれも彼女のお気に召さなかったのである。

**連れ帰ったいきさつ**については、『アルベール・カミュ——太陽と影』（一九八七年、未訳）に出てくる。

## サン＝トマ＝ダカン広場（聖トマス・アクイナス広場）

レーモン・クノーは一九七六年に死んだ。そして、生前、私的な日記をつけていたことが判明した。それを読むと、ガリマール社の建物を出た彼は、〈ポン＝ロワイヤル・ホテル〉のバーに入っていくのではなくて、サン＝トマ＝ダカン教会に入り、大きなろうそくに灯をともしたとあるので、びっくりした。

その後、わたしはミシェル・モールによる次のような証言を見つけた。

「彼は疲れると、信じがたいことかもしれないが、教会に入るのだ。一つ、二つ、三つ、わたしが数えたところでは、七つある。滅亡するに決まっている、自信過剰のカテドラルとかではなくて、ひとかたまりとなった家々の陰にひっそりと隠れたような教会に足を向けるのだ。ノートル＝ダム＝ド＝ラ＝クロワ教会、サン＝セヴラン教会がそうだ。サン＝トマ＝ダカン教会もそうなのだが、開けたところにあるし、〈豪華で、荘厳で、落ち着いた感じ〉がする。たぶんクノーは、そうした場所で、最初の聖体拝領のときのように、ちょっとしたお祈りを唱えているのだろう……」

クノーの私的な日記とは、*Journal* (1914-1965), Gallimard のこと。

## フォーブール＝サン＝ジャック通り二七番地

一九八六年一〇月、わたしはジャン・ジオノの回顧展開催の取材でサン＝トロペに行った。ところが帰途、トゥーロン＝イエール空港で転倒、眼鏡の金属のフレームで目のふちをざっくりと切ってしまった。出血がひどく、応急処置をおこない、なんとか搭乗することができた。だがオルリー空港に着くと帰宅させてくれず、コシャン病院の救急外来に送られた。日曜日の夜の、救急外来はにぎわっていた。担架に乗せられて、酔っぱらいや瀕死の病人のあいだに、ずらっと並んで、何時間も待たされる。他の患者さんの処置が終わってから、傷口を縫合しますからと、インターンの医師がいった。（それにしても、「患者《パシアン》」のことを「辛抱強い人《パシアン》」だとは、けだし名言だ。）待っているあいだのわが唯一の楽しみは、病人のあいだを行ったり来たりしている、大変に美人の看護婦だった。インターンがわたしを治療する番になると、彼女が手助けした。けれど、顔にガーゼを当てられてしまい、わたしにはなにも見えない。肉が盛り上がってしまうというので、麻酔なしで縫合手術をしたのだが、その間、インターンがずっと彼女を口説いているのが聞こえた。この男、それで、いつまでもぐずぐず手術しているのではないのかと、わたしは疑い始めた。

別の病院に行かせてほしいといえばよかったが、そこまでの勇気はなかった。

グルニエはこの逸話をもとに短篇小説「一時間の縫合」（『別離のとき』）を書いている。

## ヴァレンヌ通り五三番地

すぐ隣の道であるヴァレンヌ通りを下っていて、わたしがいつも思うのは、首相官邸である〈オテル・マティニョン〉でもなければ（もっとも、あそこの庭には、ある犬のすてきな墓石があるのだが）、アラゴンの住居でもないし、ジュリアン・グリーンが暮らしていた建物の跡にできた新しい建築物でもなくて、五三番地なのである。そこは、わたしがもっとも賞賛している作家の一人、アメリカの女性小説家イーディス・ウォートンが長らく暮らしていたところなのである。

## ヴァレンヌ通り五六番地

ヴァレンヌ通りに、もう少しとどまろう。『ナイチンゲールは夜明けに黙る』だか『今晩はテレーズ』だか覚えてはいないが、エルザ・トリオレが新しい小説を出すというあやまちをしでかしたとき、ラジオ番組用に、彼女の家にインタビューに出かけた。玄関に入りかけたところ、彼女はアラゴンに「あっちに行ってて」と命令している。アラゴンの声が聞こえていたが、彼女は、問答無用とばかりに「ルイ！」と叫び、アラゴンの姿が消えた。わたしは別に驚きもしなかった。親しい間柄というわけでもなかったものの、私に会うたびに、アラゴンはエルザのことで愚痴り始め、最近もこんな侮辱を受けたんだと話すのだった。そんなことばかり吐露するとは、不幸なことだ。エルザに恐れおののいていたのかもしれない。

　こうして書斎で、エルザと差し向かいで収録を開始した。インタビューが終わったが、エルザは不満らしかった。

「あなたとだと、どうもうまく行かないのよね。だって、あなたがどう考えているのか、全然わからないのですもの。」

「お望みなら、番組を作り直しましょうか？」

「いいえ、リスナーには、これで申し分ないの。問題はあなたよ。わたしの小説を好きなのか、それとも嫌いなのか、それがわからないのよ。」

## フォーブール＝サン＝トノレ通り五五～五七番地

クロード・ロワとフランソワ・ミッテランはともに、シャラント県のジャルナックの出身である。そして二人ともアングレームで寮生活を送った――前者は世俗のコレージュで、後者は司祭さまのいるコレージュで。二人は毎週末、列車のなかで再会した。そして終生、この二人は「おれ、おまえ」で話していた。ドゥルダンにあるクロードの別荘「上座《オー・ブー》」に、共和国大統領がヘリコプターで降り立ったことだってある。昼食に招かれたのである。

友人のマルク・エリセに対するレジオン・ドヌール勲章授与式のために、エリゼ宮に招待されたことがある。わたしは愛犬ユリッス（ユリシーズ）を、彼からもらったのだ（むろん、そのために勲章を授与されたわけもないが）。授与式が終わると、フランソワ・ミッテランがわたしのほうに話にやってきた。「われわれには共有するものがありますよね。クロード・ロワに対する友情です」と、わたしは大統領にいった。すると彼は腕を高く上げて、「少年時代さ！」と叫んだ。

## サン＝ペール通り

思いがけず、ドミニック・オリーになじられた。

「あなたレジーヌ・デフォルジュとすれちがったのに、挨拶しなかったでしょ？」

「たしかに。胸もあらわなブラウスを着ていたので、彼女の乳房を見るのに夢中でね。」

こういうと、ドミニックは一安心して、急いでこの返事をレジーヌに伝えに行った。

# ビュシ通り一二〜一四番地

闊歩することの多いビュシ通りには、思い出や、知った顔がたくさんある。それにしても、なぜ、一度も出会ったことのない人間について話したくなるのかというと、それにはりっぱな理由がある。特にそれがハーマン・メルヴィルならば、当然であろう。彼の最初のヨーロッパ旅行は一八四九年で、英国行きと、パリ行きが目的だった。メルヴィルは三七歳であったが、彼の文学的成功はすでに過去のものとなっていた。大西洋を越える金は、義理の父が出してくれた。英国の出版社とのあいだで問題がうまく片付くのではという期待もあった。パリでは、ビュシ通り一二〜一四番地にある、家具付きのアパルトマンに住んだ。そして「『レッドバーン』とかいうやつが、つい先日出版されたから」といって、ガリニャーニ書店に行くと、アメリカの新聞を読んでいた。パリの街をひたすら歩き回った。ラシーヌ作の《フェードル》を演じるラシェルの姿に見とれた。死体公示所《モルグ》のあたりをうろついた。

**『レッドバーン』**は、一八四九年刊のメルヴィルの小説。

**ガリニャーニ書店**は、ヴィヴィエンヌ通りにあった英語の本や新聞を揃えた「読書室兼書店」。現在もリヴォリ通りに英語の本を主として、りっぱな店舗をかまえている。宮下志朗『本を読むデモクラシー』を参照。

## ジェマープ河岸通り一〇二番地

わたしの八〇歳を祝って、〈北ホテル〉でちょっとしたパーティが催された。九〇歳を迎えたときも、同じ場所で祝ってくれた。〈北ホテル〉はもはやホテルではなく、レストランとなっていて、このようなイベントを開く場所になっていた。ウージェーヌ・ダビと、その感動的な小説のことを、そして、アルレッティが「アトモスフェール！」という有名なせりふを、サン＝マルタン運河にかかる橋の上から叫んだ、あの映画のことを思い出さずにはいられない（もっとも、映画でのサン＝マルタン運河は、スタジオでトローネルが再現したものであったのだが）。両親がポーの町で、あのひどい映画館を買いとったとき、わたしは、突然このしがないホテルの所有者になって大喜びしたという、ウージェーヌ・ダビの両親のことを思った。

**ジェマープ河岸通り**は、サン＝マルタン運河の左岸の名称。右岸はヴァルミー河岸通り。
ダビの小説『**北ホテル**』（一九二九年）は、一九三八年にマルセル・カルネ監督によって映画化された。

## クロヴィス通り二三番地

ある無知蒙昧なる政治家が、『クレーヴの奥方』を激しく非難したことがあった。で、これはちょっとした陰謀とかではなく、陰謀そのものだったのだが、アンリ四世高校の先生たちに、第二学級（高校一年生）の生徒たちの前で、フランス小説の始祖のようなこの作品について講義してくれないかと頼まれたのだ。マダム・ド・ラファイエットの庇護のもと、パリとフランスで最高のリセのひとつで話をした、二〇一〇年のこの日、わたしはパリッ子として完全に聖別されたような気持ちになった。

サルコジ大統領が二〇〇六年、「公務員試験で『クレーヴの奥方』に関する知識を問うのは馬鹿げている」と発言して以来、この文学作品をたびたび貶めたのに抵抗して、〇八年にクリストフ・オノレ監督が映画『美しいひと』を撮ったり、〇九年には『クレーヴの奥方』朗読マラソン運動が拡がったりした。

## ロジェ・ステファーヌ辻公園

パリ市庁舎での日々ののち、ロジェ・ステファーヌとは、別の出会いが待っていた。夜、おたがいに愛犬を連れてシャン＝ド＝マルスを散歩していて会うこともあれば、テレビで顔を見ることもあった。著書を手にして、ロッセル、T・E・ロレンスといった冒険者たちをほめたたえていた。われわれは友人となったのだ。そして、わたしは彼の自殺を知らされた。少し前、わたしは自分が住むパリ七区にある、レカミエ通りの奥に思い切って入っていった。シャトーブリアンが老いたる恋人に会いに来たという〈オー・ボワ修道院〉の跡地が辻公園になっている、突き当たりまで行ってみた。すると、驚いたことに、公園の鉄柵には「ロジェ・ステファーヌ辻公園」と書かれていた。

**パリ市庁舎での日々**のことは前出の「市庁舎広場」を参照。自殺したのは九四年。**著書**とは『冒険家の肖像』（権寧訳・冨山房百科文庫）。**シャトーブリアンの老いたる恋人**とは、レカミエ夫人。この**辻公園**も以前は Square Chaise Récamier と呼ばれていた。

# 二一区

昔は、同棲しているカップルについて、「二一区の役所で結婚した」などという表現を使ったものである。わたしとしては、本書に入れるのを忘れた住所を、削除したかった住所を、あるいはまた、引き合いに出したくなかった住所、秘密厳守で語ることは許されなかった住所など、すべてをこの二一区に位置づけておきたい。そうすると、この二一区はずいぶん人口の多い区ということになる。

## ポン・デ・ザール

長いことパリに住んでいれば、いくつもの思い出が重なった場所というものだってある。ポン・デ・ザール（芸術橋）を渡るとき、わたしはクロード・ロワが書いた、絶えず愛と死がからみ合う小説である『ポン・デ・ザールを渡ること』という美しいタイトルを思い出さずにはいられない。しかしながら、いまでは、もっと別のものがある。この二月、いつになく早い春のある日曜日、ポン・デ・ザールはすでに晴れた日々の様相を見せていた。散歩する人々、恋人たち、子供たち、ストリート・ミュージシャンの小さな楽団などであふれている。この歩道橋から、わたしはヴェール＝ギャラン小公園を眺めていたのだが、たちまちにして心が強く揺さぶられてしまった。クロード・ロワの遺灰は、この小公園の突端のところから、セーヌ河に流されたのだ。その瞬間、楽団が《サン＝ジャンのわが恋人》を演奏し始めた。一九四四年、わたしがクロードと知り合った時代に、つまり人生がわれわれにとって新しく思えた時代に、あるガールフレンドがいつも口ずさんでいた歌ではないか。そしていまでは、『ポン・デ・ザールを渡ること』の主人公がいうように、「ぼくたちは、きっと、消えていくこだまの音に住みついている」のである。

《サン＝ジャンのわが恋人》は一九四二年に、リュシエンヌ・ドリールが歌って大ヒットしたシャンソン。トリュフォー監督の《終電車》、クロード・ミレール監督の《小さな泥棒》でも使われた。パトリック・ブリュエルなどもカバーしている。

# 作者による注記

本文中で、わたしがすでにエッセイや短篇などで語ったことのある、事実を取りあげたり、人物を引き合いに出したりすることもあった。けれども、このパリ散歩においては、それらなしですませるのは、わたしには不可能だと思われたのである。

# 訳者あとがき

本書はロジェ・グルニエの次の最新作の翻訳である。

Roger Grenier, *Paris ma grand’ville*, Gallimard, «Le sentiment géographique», 2015.

«Le sentiment géographique»、つまり「地理感覚」というシリーズの一冊である。このシリーズの趣旨は、通常の観光ガイドブックとは異なり、作家が、「遠くの通りや、有名なモニュメントや、通りがかりの人の顔」のうちに「秘密」を読み解いていくことだという。場所としてはドイツ、ナポリ、ボロブドゥール、チュニジア、クロアチア、エストニアなどが採り上げられていて、これまでに二〇点近く刊行されている。けれども、著名作家に書かせるというスタンスを採用していないこともあって、シリーズの邦訳としてはこれが最初かと思われる。で、グルニエの「地理感覚」はどこに向かったのか？　それがパリなのである。自分と縁のあるパリの通りや広場を時系列で移動して、さまざまな人や事件との出会いを、はたまたジャーナリスト・作家としての自分のライフ・ストーリーを物語るという、ユニークなアイデア。生まれはノルマンディ、育ちはピレネー地方のグルニエは、第二次大戦中にパリに上京してからは、現在まで、ずっとパリで活動してきた。いささか逆説的なものいいだけれど、彼によれば、「別の土地で生まれ、パリで生きるのが征服することであるような人間」こそ、「本当のパリッ子」なのだという。そうした彼が「わが町パリ」の通りから通りへとさまよいながら、自由自在に思い出を語っていくエッセーだといえよう。具体的な「場所」が思い出の支えとなって、記憶の引き出しから、出会いや別れのエピソードが引き出されてくるというスタイル。ある種の「記憶術」の実践という趣もなくはない。

かくして、印刷職人であったグルニエの父親が住んでいた「マザリーヌ通り二一番地」から、最後の「ポン・デ・ザール（芸術橋）」まで、読者は、パリのあちこちの通りや、広場・橋などをたどりながら、グルニエというフランス文壇の最長老——一九一九年九月の生まれだから、九七歳になったところだ——の練達の筆を通して、作家自身のみならず、彼と交わったさまざまなジャーナリスト・作家・芸術家たちの人間模様やユニークなエピソードと接することができる。有名どころだけでも、カミュ、フォークナー、ヘミングウェイ、ジュネ、ピカソ、ブラッサイ等々、続々と出てくるのは当然として、強調しておきたいのは、本書が、いささかも有名人との交友を誇示する作品ではないことである。

たとえば、左岸「ジャック・カロ通り五番地」という項目。マザリーヌ通りからセーヌ通りに抜けていくあの通りか、拙訳もあるゾラの『テレーズ・ラカン』の舞台で、あそこには、物語の舞台になっているさびれたパサージュが実際にあったんだよなとか、そういえば、セーヌ通りとの角っこには、たしか〈ラ・パレット〉というカフェがあって、けっこう行ったものだとか、わたしは思いをめぐらせる。でも、もちろん、そんな話題が出てくるはずもない。「ジャック・カロ通り五番地」というのは、落ちぶれた老ジャーナリストの居所なのである。その彼の情熱はもっぱら絵画収集に向かっていたのだが、収集といっても、ノミの市でこれはというタブローを値切って入手して、ご帰還、セザンヌ、メアリー・カサットなどなど、金色のラベルを貼るのだという。まことにさりげないというか、見方によってはわびしいエピソードというしかない。

いや、もう少し愉快なのだってある（「フォーブール＝サン＝ジャック通り八一番地」）。グルニエの親友ブラッサイの狭いアパルトマンにジャン・ジュネがやってきたときのこと。ふと窓の外に視線を向けたジュネが、そのままじっと動かなくなったという。なにしろ、彼の視線の先には、自分が服役していたサンテ刑務所があったのだ。ジュネが、若い男友だちを連れて戻ってきて、窓からの景色を見せてやっても、若者はきょとんとしている。「サンテ刑務所じゃないか!」とジュネがいうと、若者は「だって、ぼくは刑務所を内側からしか知らないから」と、さらりといってのけるのだ。こうした些細ではあっても、忘れがたいエピソードが次から次へと出てくるのが本書の魅力だ。そういえば、サンテ刑務所のあるアラゴ通りに残っていた、パリで最後の「エスカルゴ」(無料公衆トイレ)は今でも健在なのだろうか? わたしはかつて、マルヴィルの写真に惹かれて、パリの昔のトイレを探しまわったことがあったのだ(「まぼろしの公衆トイレを探して」、『パリ歴史探偵術』講談社現代新書)。ジュネといえば、彼がモンテルランにしかけたいたずらも傑作だ(「ヴォルテール河岸通り二五番地」)。

あのバタイユも登場する。パリ解放直後、グルニエが編集していた週刊誌のオフィスに、自分はインテリ受けするだけで埒《らち》があかない、なにか書かせてくれないかと頼みにきたというのである(「シャンゼリゼ大通り六三番地」)。でも、話はそれだけであって、バタイユはこの一回しか登場しない。ならば、ヘミングウェイはどうかといえば、グルニエが「ヴァンドーム広場一五番地」で会いそこねたという小さな「秘密」が披露される。まことに愉快なエピソード。カミュとブラッサイ、そしてパスカル・ピアを例外として、本書で語られるのは、むしろ一期一会なのである。それが、いかにもグルニエらしくて、わたしには好ましい。

ところで、ヘミングウェイと親交を深めるチャンスを逃した「ヴァンドーム広場一五番地」とは、ホテル〈リッツ〉の住所なのである。このセレブ専用のホテル——わたしはロビーに足を踏み入れたことさえない――は、この作品ではもう一度、思いがけぬところで登場して、作者の大きな「秘密」を教えてくれる。それは一九四四年八月の「パリ解放」という歴史的な事件と関連している。実はグルニエは、パリ市民蜂起、市庁舎占拠、パリ解放という流れのなかでレジスタンスの闘士たちと合流して、闘争に身を投じて行動しているのである。本人はどうやら銃は手にしてはいないようだが、ときには伝令（レポ）として、ときには交渉役として、大切な役割を演じており、本書では、そうしたできごとが時間軸に沿って詳しく物語られている。市庁舎からドイツ軍との交渉役である中立国スウェーデンの総領事に電話する場面にも居合わせている（映画《パリは燃えているか》にはこのシーンはないが、総領事はオーソン・ウェルズが演じた）。この「市庁舎広場」と題された項目は、一六ページほどになろうか。本書のなかでは圧倒的な分量を誇っている。彼としては、是非とも書き遺しておきたいことがらであったにちがいない（すでに一部は、『写真の秘密』に収められた「「フォクトレンダー」の呪い」でも書かれていた）。そこでは、「市庁舎軍事司令官」を自称するロジェ・ステファーヌ（作家・ジャーナリスト）が出した二つの「通達」が紹介されるが、これなどはグルニエが大切に保管していた資料ではないのだろうか？　そのステファーヌはパリ解放後、大戦中、ドイツ空軍司令部が置かれていたこのホテル〈リッツ〉に、意気揚々と泊まりに行ったという。このレジスタンス闘士、なかなか茶目っ気がある。

本書は、「パリ解放」という歴史的事件をメルクマールとする「大きなできごと」の周辺に、グルニエ周辺の「小さなできごと」をちりばめることで成立している。全体としては、個人にフォーカスを当てるというより、むしろ、場所と結びついた「フラッシュ・バック」を提示することに主眼があるのだと思う。カミュも例外ではなく、階段での出会いから、事故死を知らされるまで、間欠的に姿を現すにすぎない。グルニエは『シネロマン』でフェミナ賞を受賞したことで、念願のわが家を「バック通り」に購入することができた。その「バック通り」で隣人となったロマン・ギャリとても、ちらっと姿を見せるだけだ。その代わりグルニエは、カミュ論を著しているし（Roger Grenier, *Albert Camus, soleil et ombre*, Gallimard, 1987）、ロマン・ギャリについては、生前最後のラジオ・インタビューを活字にして、これに序文を寄せるというかたちで、親しい友人の死をあらためて追悼している（Romain Gary, *Le sens de ma vie*, Gallimard, 2014）。

グルニエが「パリッ子」となったのは、一九四三年にタルブから上京したときであった（「バンキエ通り三三番地の二」）。ピレネーに逃れたユダヤ人夫婦に、パリのアパルトマンの様子を見てきてくれないかと頼まれたのだ。だがまもなく、夫妻はタルブでゲシュタポに逮捕されてしまい、やがてアウシュヴィッツ送りとなる。留守中、バンキエ通りにもゲシュタポが来たことを知ったグルニエは、書類のたぐいを燃やし、夫妻の思い出の写真がつまった金属製のシガレットケースだけを救い出して、このアパルトマンを離れるしかなかった（「オーベール通り一六番地」）。この悲しいエピソードは、短篇「ベルト」（『フラゴナールの婚約者』）や、エッセー「ライカのせいで」（『写真の秘密』）にも書かれているごとく、作者にとってはひときわ忘れがたいできごとであったにちがいない。本書『パリはわが町』の刊行に際して、ラジオ「フランス・キュルチュール」の「Carnet nomade」という番組で特集が組まれたのだが、そこでもグルニエは、このシガレットケースをいまでも大切に持っていると語っていた。こうしたエピソードが象徴するように、グルニエは、ある意味で「過去」に生きている作家といえて、そのことがこの作家の大きな魅力をなしているのだなと、あらためて思う。インタビューで、「小さなことについてはオプチミスト、大きなことについてはペシミスト」と述べていたのも忘れがたいし、「パリ解放」で英雄的な働きをしたのではないですか、とインタビューアーに問われて、「いや、成り行きでそうなっただけです」と答えているのも、グルニエならではの反応だ。

厳密なコンセプトは異なるけれども、ひとつの主題を設定して、あとは比較的短い項目を立てて、自在に筆を走らせていくという手法は、『チェーホフの感じ』（山田稔訳）とか、『ユリシーズの涙』や『写真の秘密』（ともに拙訳）と似ているし、グルニエには、こうしたスタイルがふさわしい。初期には『シネロマン』を始めとして長編小説を書いていた彼は、結局は短篇小説と断章形式のエッセーという深い味わいの感じられる世界にたどり着いたのである。少し前にカルチャー・センターで、グルニエの最後の短篇集『長い物語のための短いレシたち』（二〇一二年、未訳）を精読したけれど（作者自身、短篇小説はこれで書き納めだと宣言している）、人生の悲哀が描かれ、どの短篇も胸にジーンときて、「〈挫折〉の小説家」と呼ばれるグルニエの真骨頂が発揮されている。これなども、いつか日本語にして熱心な読者に紹介できればと思う。

編集には今回もまた、尾方邦雄さんの手をわずらわせた。注や索引の作成に関しても、ずいぶんと助けてもらった。ありがとうございました。作者が本書の邦訳の刊行を心待ちにしているという話を人づてに聞いた。いち早く、彼の手元に届かんことを祈るとともに、もう一冊のグルニエ本（『書物の宮殿』）の翻訳に向かってスタートを切ることにしたい。

二〇一六年九月

宮下志朗

# 人名索引

## ア行


アシャール，ジュリエット（19..-1978）マルセル・アシャールの妻．30, 31

アシャール，マルセル（1899-1974）劇作家．『お月さまのジャン』，映画脚本に《うたかたの恋》《私の体に悪魔がいる》など．30, 31

アベラール，ピエール（1079-1142）論理学者・神学者．弟子エロイーズとの恋愛でも有名．7

アポリネール，ギヨーム（1880-1918）イタリア出身のポーランド詩人・小説家・美術評論家．パリで活躍．詩集に『カリグラム』『アルコール』など．青土社から全集が出ている．44, 170

アームストロング，ルイ（1901-1971）アメリカのジャズトランペッター・歌手・作曲家．映画《５つの銅貨》でダニー・ケイと〈ヴェニスのカーニヴァル〉を共演．135, 186

アモン，レオ（1908-1993）弁護士・政治家．CDLR メンバー．戦後，下院議員．73, 83

アラゴン，ルイ（1897-1982）小説家・詩人・批評家．シュールレアリストから共産主義者となる．小説に『パリの農夫』など．エルザ・トリオレに捧げた詩「エルザの瞳」はシャンソンにもなった．47, 57, 213, 214

アルカン，ピエール　暗号名「アラール」73

アルトー，アントナン（1896-1948）俳優・詩人・小説家・演劇家．白水社から著作集，河出書房新社から「後期集成」が出ている．105

アルトマン，イレーヌ　ジョルジュ・アルトマンの娘．123

アルトマン，ジョルジュ（1901-1960）ジャーナリスト．レジスタンスの活動家．56, 57

アルバレ，セレスト（1891-1984）プルーストの家政婦．戦後はラヴェルの家〈ベルヴェデーレ〉の管理人．ロジェ・ステファーヌによって「再発見」され，1973 年に『ムッシュ・プルースト』を出した．92

アルベルティーニ，ジョルジュ（1911-1983）対独協力者の裁判で有罪となるも，1948 年に恩赦で釈放されて，政界で隠然たる影響力を持ち続けた．97

アルレッティ（1898-1992）女優・歌手．《北ホテル》《天井桟敷の人々》など．220

アロン，レーモン（1905-1983）社会学者・哲学者．邦訳に『レーモン・アロン回想録』など多数．126

アンリオ，フィリップ（1889-1944）詩人・ジャーナリスト．ヴィシー政権のスポークスマン．6月28日に処刑された．59, 60

ヴァッリ，アリダ（1921-2006）イタリアの女優．《夏の嵐》以外の出演作に《第三の男》《さすらい》など．177

ヴァレット，アルフレード（1858-1935）メルキュール・ド・フランスの創設者．「ラシルド」の夫．107

ヴィアン，ボリス（1920-1959）作家・詩人・トランペット奏者．『日々の泡』『北京の秋』など．早川書房から全集も出た．127, 170

ヴィヴァルディ，アントニオ（1678-1741）ヴェネツィアのバロック後期の作曲家・ヴァイオリニスト．186

ヴィヴェ，エヴリーヌ　ジャン＝ピエール・ヴィヴェの妻．28

ヴィヴェ，ジャン＝ピエール（1920-1998）ジャーナリスト．28, 123, 158

ヴェルドゥー，マドレーヌ（マド）→コレット・ロートシルド　39

ヴォグエ，ジャン・ド（1898-1972）レジスタンスの闘士．ヴァイヤンの名で活動．90, 91

ウォートン，イーディス（1862-1937）アメリカの小説家．『歓喜の家』『無垢の時代』など．晩年，パリに暮らした．213

ヴォルテール（1694-1778）哲学者・作家・歴史家．本名フランソワ＝マリー・アルエ．『カンディード』『ルイ十四世の世紀』など．115, 159

ウトケス，ツェルマン　ロシアからの亡命者．32, 37, 104, 113, 114

ウトケス，ベルト　ゼルマン・ウトケスの妻．32, 37, 104, 114

エリセ，マルク　絵本作家．彫刻家グージについての著書などもある．216

エルヴァル，フランソワ（1914-1999）ハンガリー生まれのジャーナリスト・編集者・翻訳家．《カンゼーヌ・リテレール》創刊メンバーの一人．93

エルバール，ピエール（1903-1974）小説家．レジスタンス闘士．91

エレディア，ジョゼ・マリア・ド（1842-1905）スペインからフランスに帰化した詩人．172

エレディア，マリー・ド（1875-1963）作家ジェラール・ドゥーヴィルの本名．アンリ・ド・レニエと結婚．172

エレディア，ルイーズ・ド（1878-1930）マリーの妹．ピエール・ルイスと結婚．173

エロイーズ（1098頃-1164）女性神学者・哲学者．ペール＝ラシェーズ墓地で，アベラールといっしょに埋葬されている．7

エロルド＝パキ，ジャン（1912-1945）ラジオ記者．ヴィシー政権下で親ドイツ的な発言．銃殺される．84

オーウェル，ジョージ（1903-1950）イギリスの作家・ジャーナリスト．『動物農場』『1984年』のほか『パリ・ロンドンどんぞこ生活』など．93

オズワルド，マリアンヌ（1901-1985）歌手・女優．《モンパルナスの灯》などに出演．207

オーディベルティ，ジャック（1899-1965）劇作家・小説家．138

オーデン，W. H.（1907-1973）イギリス出身，アメリカの詩人．159

オドゥアール，イヴァン（1914-2004）ジャーナリスト・作家．サイゴン生まれ，パリに死す．129, 196

オリー，ドミニク（1907-1998）作家・ジャーナリスト．ポーリーヌ・レアージュ名で『O嬢の物語』を書いた．217

オリヴィエ，アルベール（1915-1964）ジャーナリスト．ド・ゴール派の政治家．126

**カ行**

カサット，メアリー（1844-1926）アメリカの画家・版画家．パリに定住した．ドガと親しく，日本の版画の影響も強い．133

カミ，ピエール・アンリ（1884-1958）ユーモア作家・イラストレーター．『エッフェル塔の潜水夫』など．157

カミュ，アルベール（1913-1960）小説家・劇作家．42, 94, 95, 99, 102, 122, 125, 151, 152, 158, 175, 176, 207, 208

カルコ，フランシス（1886-1958）詩人・小説家．『放浪生活とわたしの心』『追いつめられた男』など．111

カルペンティエル，アレホ（1904-1980）キューバの小説家だが，父親はフランス人．『失われた足跡』『バロック協奏曲』など．186, 187

カルメル，アンドレ（グルニエの母）6, 15, 17, 18, 21, 27, 32, 40, 46, 47, 115, 116, 127, 157, 166, 167

カルメル，ジェルマン（グルニエの祖父）17

カレ，アンリ（1904-1956）作家・ジャーナリスト．100

カントン，エリザベート　ロベール・モノーの妻．61

ギトリ，サッシャ（1885-1957）劇作家・映画監督．163, 164, 190
ギベール，アルマン（1906-1990）詩人．114, 150
ギャラン，アドルフ　セシル・ギャランの夫．23, 25, 26
ギャラン，セシル　グルニエの父のいとこ．23, 25, 26
ギャラン，レーモン　ギャラン夫妻の息子．25
ギャリ，ロマン（1914-1980）小説家・映画監督・外交官．『白い犬』『これからの一生』など．ヴィルニュス生まれ，14歳でフランスに帰化．女優ジーン・セバーグと結婚．拳銃自殺後，エミール・アジャールの筆名で，2度目のゴンクール賞を受賞したことが判明した．11, 203
ギユー，ルイ（1899-1980）小説家．『黒い血』など．111

クノー，レーモン（1903-1976）詩人・小説家．『地下鉄のザジ』『文体練習』など．水声社から「コレクション」が出ている．170, 209
クノップ，アルフレッド（1892-1984）アメリカの出版人．168
クノップ，ブランシュ（1894-1966）アルフレッドの妻．168, 169
グリーン，ジュリアン（1900-1998）パリ生まれのアメリカ作家．人文書院から全集が出ている．213
グルニエ，アンドレ（ロジェの父）4, 13, 20, 22
グルニエ，ジャン（1898-1971）小説家・思想家．『孤島』『存在の不幸』など．アルジェのリセの教師時代，カミュに大きな影響を与えた．152
グルニエ，ジョゼフ（ロジェの祖父）5, 13, 14, 23
グレーグ，フェルナン（1873-1960）詩人・ユゴー研究家．アカデミー会員．111
グレンジャー，ファーリー（1925-2011）アメリカの男優．《夏の嵐》以外の出演作にヒッチコック監督の《ロープ》《見知らぬ乗客》など．レナード・バーンスタインと恋愛関係にあったと自伝で明かした．177
グローブ（1901-1975）ウィリアム・ナポレオン・グローブとも．新聞挿絵・風刺画家．《カナル・アンシェネ》で活躍．84
グロジャン，ジャン（1912-2006）カトリックの詩人．パリス『カミーユ・クローデル』（みすず書房）に序文を書いている．206

ゲーテ，ヨハン・ヴォルフガング・フォン（1749-1832）ドイツの詩人・作家．6
ケベード，フランシスコ・デ（1580-1645）スペイン文化の黄金期を代表する詩

人・ピカレスク小説作家.『ペテン師ドン・パブロスの生涯』など. 187

ゴメス＝デ＝ラ＝セルナ，ラモン（1888-1963）スペインの作家.『グレゲリーア抄』『サーカス』など. 158
コリネ，ミシェル（1904-1977）左派活動家. 90, 91
ゴンブローヴィチ，ヴィトルド（1904-1969）ポーランド出身の作家.『フェルディドゥルケ』など. 128

## サ行

サガン，フランソワーズ（1935-2004）小説家・脚本家.『悲しみよこんにちは』『ブラームスはお好き』など. 自伝に『私自身のための優しい回想』がある. 179
サシ，ジャン＝ポール（1915-1992）演出家・シナリオ作家. 74
サルトル，ジャン＝ポール（1905-1980）哲学者・小説家・劇作家.『存在と無』は 1943 年刊. 4, 32, 94, 127, 128
サン＝ベザール→ピエール・スティッブ 56

ジェギュ，イヴ（1924-2012）ラジオ・テレビ人. 111
ジェバール，アシア（1936-2015）アルジェリアの小説家・映画作家. 作品に『愛，ファンタジア』など. マグレブ出身者として初のアカデミー・フランセーズ会員. 179
ジオノ，ジャン（1895-1970）小説家.『木を植えた男』など. 211
ジッド，アンドレ（1869-1951）小説家.『狭き門』『贋金つくり』など. 筑摩書房から「集成」が刊行されている. 105, 131
ジャコ，クロード 101
ジャコ，シュザンヌ 101
シャトーブリアン，フランソワ＝ルネ・ド（1768-1848）政治家・作家.『ルネ』『墓の彼方の回想』など. 11, 205, 222
シャプラン＝ミディ，ロジェ（1904-1992）画家. 挿絵や舞台装飾でも有名. 54
シャポヴァル，ユーラ（1919-1951）キエフ出身の「エコール・ド・パリ」の画家. 123
ジャリ，アルフレッド（1873-1907）小説家・劇作家.『ユビュ王』『超男性』など. 107
シュヴァルツ，ローラン（1915-2002）超関数の理論で知られるトロツキスト.

数学者集団ニコラ・ブルバキのメンバーにもなっている．39
ジューヴェ，ルイ（1887-1951）男優・演出家・劇団主宰者．著作に『演劇論―コメディアンの回想』など．出演映画は《北ホテル》以外にも《旅路の果て》《舞踏会の手帖》など多数．56
シューマン，モーリス（1911-1998）ジャーナリスト・小説家．ポンピドゥー大統領のもとで外務大臣もつとめた．105
ジュネ，ジャン（1910-1986）作家・劇作家．162, 191-193
ジュリアン，フィリップ（1919-1977）イラストレーター・作家．『世紀末の夢象徴派芸術』『1900年のプリンス　伯爵ロベール・ド・モンテスキュー伝』など．91
シュロップ，ロジェ　《コンバ》紙のジャーナリスト．125
ジョイス，ジェームズ（1882-1941）アイルランド出身の小説家・詩人．『ユリシーズ』『ダブリン市民』『フィネガンズ・ウェイク』など．1920年から40年までパリに住む．158
ショネ，クローディーヌ（1912-1995）ジャーナリスト・詩人．パリに生まれ，パリに死ぬ．151
ジョレス，ジャン・レオン（1859-1914）社会主義者・政治家．戦争に反対するが，暗殺された．52
ジョワイユー，モーリス（1910-1991）活動家・アナキスト作家．167, 199
ショワズール夫人（1737-1801）エティエンヌ＝フランソワ・ド・ショワズールの妻．202
ジル，ヴィクトール（1884-1964）ピアニスト．48

スタール，アンヌ・ルイーズ・ジェルメーヌ・ド（1766-1817）「スタール夫人」の名で知られる批評家・小説家．『小説論』『ドイツ論』など．11
スタンダール（1783-1842）小説家．本名マリ＝アンリ・ベール．『赤と黒』『パルムの僧院』『恋愛論』など．11
スティッブ，ピエール（1912-1967）弁護士・政治家・レジスタンス運動の指導者．偽名はサン＝ベザール，暗号名はデルソル．56, 61, 65, 70, 71
ステファーヌ，ロジェ（1919-1994）ジャーナリスト・作家．コミュニスト．80-86, 222
ストラヴィンスキー，イーゴリ（1882-1971）ロシアの作曲家．ニューヨークで死す．184
スピノザ，バールーフ・デ（1632-1677）オランダの哲学者．ハーグ移住後，レンズ磨きによって生計を立てていたという言い伝えがある．27

スーラージュ，ピエール（1919生まれ）パリ抽象画壇の中心的な存在．版画・彫刻も手がける．故郷ロデーズに〈スーラージュ美術館〉がある．124

セゲール，ピエール（1906-1987）詩人・編集者．セゲール社は「今日の詩人叢書」などで有名．84, 97

セネップ，ジャン（1894-1982）新聞挿絵・風刺画家．84

セルヴァン＝シュレーベル，ジャン＝ジャック（1924-2006）ジャーナリスト．《エクスプレス》誌を創刊．その後，急進社会党書記長・党首など．83

セルヴァン＝シュレーベル，ブリジット（1925-1985）ジャーナリスト・政治家．83

セレヴィル，ジュヌヴィエーヴ・ド（1914-1963）女優．サッシャ・ギトリの四番目の妻．164

ゾラ，エミール（1840-1902）自然主義の小説家．『居酒屋』や『オ・ボヌール・デ・ダーム』含む全20巻の「ルーゴン・マッカール叢書」が代表作．10, 178

## タ行

タヴァール，アニウシュカ　113

タヴァール，ジャン　113

ダビ，ウージェーヌ（1898-1936）作家．『北ホテル』など．220

ダヤン，ヤエル（1939生まれ）イスラエルの小説家．『鏡の中の女』は1968年に邦訳（中嶋夏訳，二見書房）．後に政治家になった．179

ダルタニャン（1615?-1673）軍人．デュマの『三銃士』に創作されて名が知られた．10

ダレル，ロレンス（1912-1990）イギリスの小説家・詩人・紀行作家．「アレキサンドリア四重奏」「アヴィニョン五重奏」の長編シリーズなど．154

チャップリン，サー・チャールズ・スペンサー・「チャーリー」（1889-1977）イギリス出身の映画俳優・映画監督・コメディアン・脚本家・映画プロデューサー．《モダン・タイムス》《独裁者》《黄金狂時代》《ライムライト》《ニューヨークの王様》《伯爵夫人》など．157

デア，マルセル（1894-1955）ネオ・ソシアリストの政治家で，1941年に，対独

協力の政党「民衆国民連合（RNP）」を創設．ヴィシー政権で労働大臣などをつとめたが，パリ解放後，ドイツ，ついでイタリアに逃げて，トリノ近郊で死去．欠席裁判で死刑判決が出ていた．97
デイヴィス，マイルス（1926-1991）アメリカのジャズトランペット奏者．アルバム《カインド・オブ・ブルー》《ビッチェズ・ブリュー》など．135
ティナン，ジャン・ド（1874-1898）小説家．173
ティネ，ジャック（1914-2008）外交官．ポルトガル大使などを歴任．205
ティリオン，アンドレ（1907-2001）作家・活動家で，シュールレアリストと親しかった．91, 92
デカルト，ルネ（1596-1650）フランス生まれの哲学者・数学者．『方法序説』『省察』『情念論』など．128
テッタンジェ，ピエール（1887-1965）ランスにシャンパン会社を起こす．右翼政治家．占領下のパリ市議会議長．75
デフォルジュ，レジーヌ（1935-2014）作家・編集者．『青い自転車』『背徳のパリ案内』など．217
デュ・カン，マクシム（1822-1894）文筆家・写真家．アカデミー・フランセーズ会員．パリについての著作，紀行を残す．9
デュビヤール，ロラン（1923-2011）劇作家・俳優．203, 204
デュ・ボス，シャルル（1882-1939）批評家．『近似値』『日記』など．28
デュマ父，アレクサンドル（1802-1870）小説家．『ダルタニャン物語』『王妃マルゴ』『モンテ・クリスト伯』など．10
デュラック，ジャン（1902-1968）彫刻家・画家．90
デランジェ，リュシアン　リュシエンヌ・デランジェの夫．29
デランジェ，リュシエンヌ　グルニエのいとこ．29

ドアノー，ロベール（1912-1994）写真家．149
ドゥーヴィル，ジェラール（1875-1963）マリー・ド・エレディアの筆名．172
トゥールーズ＝ロートレック，アンリ・ド（1864-1901）画家．パリの〈ムーラン・ルージュ〉などダンスホールの常連となり酒場の人々を描いた．133
トゥシャール，ピエール＝エメ（1903-1987）劇場支配人・作家．愛称はパット．152
ド・ゴール，シャルル（1890-1970）軍人・政治家．フランス大統領．『戦争回想録』など．70, 85, 87, 129
ドサンティ，ジャン＝トゥーサン（トゥキ）（1914-2002）数理哲学者．高等師範学校でフーコーやアルチュセールを教えた．39, 42, 94

ドサンティ，ドミニック（1914-2011）本名アンナ・ペルスキー．パリに亡命したロシア貴族の娘で，ジャーナリスト・作家．77
ドブレ，オリヴィエ（1920-1999）抒情的抽象画家．政治家ミシェル・ドブレの弟．124
ド・ブロイ，モーリス（1875-1960）物理学者．109
ド・ブロイ，ルイ（1892-1987）物理学者．「ド・ブロイ波」の発見でノーベル賞．109
ドミンゲス，オスカー（1906-1957）シュールレアリスト．「デカルコマニー」を創始したとされる．91
ドラクロワ，ウージェーヌ（1798-1863）ロマン主義を代表する画家．〈キオス島の虐殺〉〈サルダナパールの死〉〈民衆を導く自由の女神〉など．8
ドリアーム，マルセル　コマンドの指揮者．59
トリオレ，エルザ（1896-1970）モスクワ生まれのフランス作家．ルイ・アラゴンと結婚．『ナイチンゲールは夜明けに黙る』は1970年作．『今晩はテレーズ』（創土社）57, 214
トリュタ，アラン（1922-2006）ラジオ・プロデューサー．《フランス・キュルチュール》創設者の一人．106
ドリュバック，ジャクリーヌ（1907-1997）女優．サッシャ・ギトリの三番目の妻．164
ドルジュレス，ロラン（1886-1973）小説家．『木の十字架』が有名．167
ドレフュス，アルフレド（1859-1935）陸軍軍人．1894年に反逆罪で逮捕され，1906年に免責を受けるまでの「ドレフュス事件」の被疑者．108
トロツキー，レフ（1879-1940）ウクライナ生まれのソ連の政治家・革命家・思想家．『レーニン』『裏切られた革命』など．117-119
トローネル，アレクサンドル（1906-1993）有名な美術監督．《天井桟敷の人々》《アパートの鍵貸します》《サブウェイ》などを手がけた．220
トンプソン，ダニエル（1942生まれ）脚本家．《ラ・ブーム》《スチューデント》《王妃マルゴ》，監督作品《モンテーニュ通りのカフェ》など．198

## ナ行

ニン，アナイス（1903-1977）フランス生まれの著作家．11歳から生涯にわたって書き続けた「日記」で有名．「コレクション」が鳥影社から刊行されている．154

ネルヴァル，ジェラール・ド（1808-1855）ロマン主義詩人．『火の娘』『オーレリア，あるいは夢と人生』『幻想詩集』など．パリの通りの鉄格子で縊死．9, 12

ノエル，レオ（1914-1966）1951年創業のキャバレ〈レクリューズ〉経営者．歌手でもあった．137

ノルドリング，ラウル（1882-1962）スウェーデン総領事．87

ノワール，ヴィクトール（1848-1870）ジャーナリスト．ボナパルト公に殺された．7

## ハ行

ハイデッガー，マルティン（1889-1976）ドイツの哲学者．『存在と時間』『形而上学入門』など．94

バシュキルツェフ，マリ（1858-1884）ウクライナ出身の画家・彫刻家．13歳から付けていたフランス語の膨大な『日記』が刊行されている．7

バシュラール，ガストン（1884-1962）1940年から54年まで，ソルボンヌで科学哲学・科学史を教える．当時の著作に『水と夢』『空と夢』などがある．41

バソンピエール，フランソワ・ド（1579-1646）アルエ侯爵．軍人・外交官．1622年，フランス元帥となる．6

バタイユ，ジョルジュ（1897-1962）哲学者・思想家・作家．『無神学大全』『呪われた部分』『エロティシズムの歴史』『文学と悪』など．90

パナシエ，ユーグ（1912-1974）ジャズ評論家・プロデューサー．136

パリエーロ，マルチェロ（1907-1980）イタリアの男優．《無防備都市》《賭けはなされた》に主演．207

バルザック，オノレ・ド（1799-1850）小説家．「全集」が東京創元社から，「人間喜劇セレクション」が藤原書店から刊行．『谷間のゆり』『幻滅』『従姉ベット』など．54

バルバラ（1930-1997）パリ生まれの歌手．本名はモニック・アンドレ・セール．〈ナントに雨が降る〉〈いつ帰ってくるの〉など．絶筆の自伝に『一台の黒いピアノ…』．137

バレーヌ，フィリップ（1921生まれ）ジャーナリスト・作家．《パリ・マッチ》の編集長など．129

パンジュ伯爵夫人（1875-1960）名門貴族の一員で，文学者．スタール夫人の孫．

109
パンシュニエ，ジョルジュ（1919-2006）反骨の放送記者．54, 87

ピア，パスカル（1903-1979）作家・ジャーナリスト．本名はピエール・デュラン．カミュがデビューした《アルジェ・レプブリカン》編集長で，『シーシュポスの神話』はピアに献げられている．43, 44, 94, 95, 120, 122, 123, 125, 129, 175
ピウス12世　ローマ法王．在位1939-1958．この教皇の戦時中のユダヤ人への対応を批判的に扱った戯曲，ホーホフート『神の代理人』でも知られる．141, 142
ピカソ，ジャクリーヌ（1927-1986）旧姓はロック．1961年にピカソと結婚．拳銃自殺．187
ピカソ，パブロ（1881-1973）スペイン生まれ，フランスで活動した画家・彫刻家．102, 155, 184
ビドー，ジョルジュ（1899-1983）1943年にジャン・ムーランがゲシュタポに殺され，その後任としてCNR（全国抵抗評議会）を担った．後年，アルジェリア独立に反対する極右組織OASに加担して，亡命を余儀なくされる．86
ビュシエール，アメデ（1886-1953）42年からパリ警視総監．44年8月に逮捕，46年終身刑判決．51年に仮釈放．75
ピュシュー，ピエール（1899-1944）ヴィシー政権の内務大臣．パリ解放後，処刑された．120
ピラネージ，ジョヴァンニ・バッティスタ（1720-1778）ヴェネツィア出身，ローマで活動した版画家．〈牢獄〉シリーズ以外に，〈ローマの風景〉シリーズなど．8

フェーヴル，リュシアン（1878-1966）歴史学者．マルク・ブロックとアナール学派を設立．『歴史のための戦い』『ラブレーの宗教』『書物の出現』など．108
フェルナンデル（1903-1971）「馬づら」の喜劇俳優・歌手．積極的な対独協力者ではないが，ヴィシー政権下でも，慰問的な芸能活動をせざるを得なかったし，対独協力の〈ラジオ・パリ〉にも出演した．89, 143
フォークナー，ウィリアム（1897-1962）アメリカの小説家．『八月の光』『アブロサム，アブロサム』など．合衆国南部出身で初めてのノーベル文学賞受賞者．小説『標識塔』の原著は1935年刊．122, 159, 160, 168
フォラン，ジャン（1903-1971）詩人．『地上の歌』『物たち』など．189

プシカリ，アンリエット（1884–1972）小説家．108
プシカリ，エルネスト（1883–1914）愛国的なカトリック作家となるが，戦死．108
プラソン，ルネ　ピエール・スティッブの妻．56, 63, 70, 76, 77, 84
ブラッサイ（1899–1984）ハンガリー出身，パリで活躍した写真家．90, 154–156, 171, 191
ブラーヌ，アンドレ　控訴院の検事．『狂った正義』など．69–73, 76, 77, 80, 84
ブラン，フィリップ（1908–1994）パリに生まれたスウィング・ジャズのトランペッター．135
ブランシュ博士，エミール（1820–1893）精神科医．患者にネルヴァル，モーパッサンなど．198
ブリクセン，カレン（1908–1989）デンマーク出身の作家．英語版はアイザック・ディネーセンの名で発表．『アフリカの農場』の他に『七つのゴシック物語』『冬物語』など．134
ブリュアン，アリスティード（1851–1925）シャンソン歌手・作家．トゥールーズ＝ロートレック描くキャバレ〈アンバサドゥール〉での肖像ポスターで知られる．8
プルーヴォ，ジャン（1885–1978）《パリ＝ソワール》《マリ＝クレール》，戦後は《パリ＝マッチ》《フィガロ》などを経営．実業家・政治家でもあった．132, 149
プルースト，マルセル（1871–1922）パリの作家．『失われた時を求めて』など．ペール・ラシェーズ墓地に埋葬．18, 92, 109, 128, 158
ブルトン，アンドレ（1896–1966）詩人・文学者．「シュルレアリスム宣言」を起草した．『ナジャ』『狂気の愛』など．人文書院から「集成」が出ている．91
フルネ，アンリ（1905–1988）レジスタンスの指導者．120
ブルノ，ピエール＝ローラン（1913–1998）「フランス・ピンナップの父」と呼ばれたイラストレーター．143
プレヴェール，ジャック（1900–1977）詩人・映画作家・童話作家．11, 47, 48, 170, 171
ブレモン，アンリ（1865–1933）イエズス会士・文学研究者．27, 28
フレール・ジャック（1946–1982）四人組のボーカル・グループ．歌とマイムの絶妙な組み合わせで人気を博した．127
プローコシュ，フレデリック（1906–1989）アメリカの小説家・詩人．『アジア人』『愛のバラード』など．134

ペギー，シャルル（1873-1914）詩人・思想家．ベルクソンに師事の後，ジョレスが創設した社会党に入党．『歴史との対話：クリオ』など．108
ベケット，サミュエル（1906-1989）アイルランド出身のフランスの劇作家・小説家・詩人．1969 年にノーベル文学賞を受賞．『ゴドーを待ちながら』『モロイ』『マロウンは死ぬ』『名づけえぬもの』など．106
ベコー，ジルベール（1927-2001）歌手・作曲家．ヒット曲に〈ナタリー〉〈そして今は〉など．178
ペタン，フィリップ（1856-1951）軍人・政治家．第三共和政最後の首相，ヴィシー政権の主席．戦後，死刑を宣告されるも，ド・ゴールにより無期禁錮刑に減刑，獄死．85, 108
ヘミングウェイ，アーネスト（1899-1961）アメリカの小説家．特派員としてパリに渡る．長編『武器よさらば』『誰がために鐘は鳴る』など．「全短篇」が新潮文庫から出ている．生前未発表の『移動祝祭日』はパリ体験を書いたエッセイ．91, 168, 169
ベルクソン，アンリ（1859-1941）パリ出身の哲学者．1900 年よりコレージュ・ド・フランス教授．『創造的進化』『道徳と宗教の二源泉』など．168
ベルトレ，ルネ（1908-1973）20 世紀文学の出版者．171
ベルナノス，ジョルジュ（1888-1948）作家・思想家．小説『悪魔の陽の下で』『田舎司祭の日記』，政治論『月下の大墓地』など．163
ベルナール，サラ（1844-1923）ベル・エポックを代表する女優．189
ベルナール，トリスタン（1866-1947）劇作家・小説家．『恋人たちと泥棒たち』など．91
ベルナール，マルク（1900-1983）小説家．『子供のように』（1942）でゴンクール賞．『追憶のゴルゴタ』など．131
ベルモン，ジョルジュ→ペロルソン
ベルル，エマニュエル（1892-1976）ベルグソン，プルーストと縁戚にある歴史家・評論家．168, 183
ベルル，ミレイユ（1906-1996）歌手．夫のエマニュエルを「テオドール」と呼んでいた．183
ペルレス，アルフレッド（1897-1990）ウィーン出身の作家．ミラー，ダレル，ニンと交友．154
ペロルソン，ジョルジュ（1909-2008）ジャーナリスト・翻訳家．ジョルジュ・ベルモンの名で，ベケット，ジョイス，ウォー，ミラーなどを仏訳．92
ペロン，ロレ（1925-1999）女優・劇作家．ホルヘ・センプルン，クロード・ロ

ワと結婚．194
ヘンデル，ゲオルク・フリードリヒ（1685-1759）ドイツ生まれ，イギリスに帰化した作曲家．186

ボーアルネ，ウージェーヌ・ド（1781-1824）帝室の一員．ジョゼフィーヌの子，ナポレオン三世の伯父．200
ボーアルネ，ジョゼフィーヌ・ド（1763-1814）フランス皇后．ナポレオン・ボナパルトの最初の妻．200
ボーヴォワール，シモーヌ・ド（1908-1986）作家・哲学者．『老い』（朝吹三吉訳・人文書院）197
ボーエル，アンリ（1851-1915）作家・批評家．アレクサンドル・デュマ（父）の私生児．107
ボードレール，シャルル（1821-1867）パリの詩人・評論家．詩集『悪の華』『パリの憂鬱』など．モンパルナス墓地に埋葬．1, 9, 41, 43
ボナパルト，ピエール＝ナポレオン（1815-1881）第二帝政期の皇族．ヴィクトール・ノワールを射殺し，共和派の抗議を招いた．7
ホフマンスタール，フーゴ・フォン（1874-1929）オーストリアの詩人・作家．6, 12
ボリー，ジャン＝ルイ（1919-1979）作家・脚本家．180
ポール，シルヴィー（1913-?）女性殺人犯．180, 181
ボワイエ，ジルベルト（1920-2005）グルニエの友人．ブラッサイの妻になる．90, 191

**マ行**

マセ，ジョー　レジスタンス組織の連絡員．73
マダム・シモーヌ（1877-1985）女優から作家．111
マダリアガ，サルバドール・デ（1886-1978）スペインの歴史家・作家．『ドン・キホーテの心理学』など．159
マテュー，ジャンヌ　ルイ・ジューヴェの秘書．CDLR 連絡員．56
マリオン，アニタ　グルニエの代母．23, 24
マリオン，リュシアン　グルニエの母の幼なじみ．23, 24
マルクー，アンドレ（1921-2015）カトリックの詩人．47, 48
マルシャン，ジャン・ジョセ（1920-2011）評論家．123
マルロー，アンドレ（1901-1976）作家・冒険家・政治家．1960 年から 69 年の

間，ド・ゴール政権下で文化大臣．11, 159
マレステール，ギー（1916生まれ）詩人・評論家．大戦中はリヨンでレジスタンス活動．グルニエは2007年の短編集に「ギー・マレステールのアルカディア」を収めている．123
マレステール，グレタ　ギーの妻．123
マロ，マディ　レーモン・マロの妹．77, 80, 84, 86, 87
マロ，レーモン　数学者．レジスタンス活動家．76, 77, 79, 83, 85, 86
マンヴズィ，ロベール（1917-1974）カリブ出身のサキソホン奏者．ジャンゴ・ラインハルトらと共演．52

ミオマンドル，フランシス・ド（1880-1959）小説家．『水を描く』など．111
ミシェル，ルイーズ（1830-1905）女性アナキスト．167
ミショー，アンリ（1899-1984）ベルギー生まれ，フランスの詩人・作家．詩集『わが領土』など．メスカリンの効用のもとで詩や絵を作った．「全集」が青土社から出ている．110
ミスタンゲット（1873-1956）シャンソン歌手・女優．〈カジノ・ド・パリ〉でデビュー後，占領下を通して長きにわたり「ミュージック・ホールの女王」だった．111
ミッテラン，フランソワ（1916-1996）フランス大統領．216
ミラー，ヘンリー（1891-1980）アメリカの作家．全集は新潮社，「コレクション」は水声社から刊行．10, 44, 92, 154, 155
ミルクール，ウージェーヌ・ド（1812-1880）ジャーナリスト・作家．9

ムーア，パメラ（1937-1964）アメリカの小説家．『チョコレートで朝食を』（1956）の邦訳は2015年に出た（糸井恵訳，風鳴舎）．179

メッサリ・ハジ（1898-1974）アルジェリア民族自決運動の指導者．武装闘争には反対していた．181
メルヴィル，ハーマン（1819-1891）アメリカの小説家．『白鯨』など．218
メルカデール，ラモン（1913-1978）スペインの共産主義者．トロツキーを殺害．117

モノー，エリザベート　91, 96
モノー，ピエール　112
モノー，ロベール（1884-1970）外科医．レジスタンス組織MLN代表．『偶然と

必然』のジャック・モノーのいとこ．46, 59, 61, 63, 65, 78, 80, 86, 96
モリエール（1622-1673）劇作家・俳優．『タルチュフ』『守銭奴』『病は気から』など喜劇の傑作を残す．なお，本書のエピグラフの『人間嫌い』は，鈴木力衛訳『モリエール全集』（中央公論社）を借用した．1
モリソン，ジム（1943-1971）アメリカのミュージシャン・詩人．ドアーズのボーカル．パリのアパートの浴槽で死んでいた．7
モール，ミシェル（1914-2011）エッセイスト・小説家・文学史家・評論家．209
モルガン，ミシェル（1920 生まれ）女優．198
モンツィ，アナトール・ド（1876-1947）政治家，文部大臣などを歴任．108
モンテスマ（1466-1520）正確にはモクテスマ２世．アステカ王国は繁栄をきわめたが，コルテスに征服された．186
モンテルラン，アンリ・ド（1896-1972）小説家・劇作家．『オリンピック』『闘牛士』など．161, 162

## ヤ行

ユゴー，ヴィクトル（1802-1885）ロマン主義の詩人・小説家．10, 95, 112, 189
ユトー，ジャック（ジャン＝ルイ）レジスタンス組織 CDLR メンバー．70

## ラ行

ラヴァル，ピエール（1883-1945）ヴィシー政権で副首相，次いで首相．戦後，戦犯として銃殺刑．77
ラウリー，マルカム（1909-1957）イギリスの小説家．メキシコでのアルコール中毒体験を素材に『活火山の下で』を書いた．94
ラザレフ，ピエール（1907-1972）著名なジャーナリスト・新聞社主・テレビ・プロデューサー．ジャック・ドゥミ監督《シェルブールの雨傘》《ロシュフォールの恋人たち》《ロバと王女》を制作した．163, 164, 180
ラシェル（1821-1858）女優．218
ラシルド（1860-1953）小説家．禁錮刑を食らった『ヴィーナス氏』『超男性ジャリ』など．アルフレード・ヴァレットの妻．107
ラファイエット夫人（1634-1693）作家．『クレーヴの奥方』など．221
ラブレ，カトリーヌ（1806-1876）1830 年，聖母マリアが出現，「奇蹟のメダル」を作りなさいと命を受けたという．1933 年に列聖．206

ラルボー，ヴァレリー（1881-1957）小説家．NRF 誌を舞台に外国作家の紹介につとめる．『幼なごころ』『バルナブース全集』『罰せられざる悪徳・読書』など．12, 158

ランジュ，モニク（1926-1996）小説家．『ピアフ，愛の真実』など．夫はスペインの小説家フアン・ゴイティソロ．168, 169

ランベール，ピエール（1920-2008）政治活動家．（トリエッリの筆名）93

リショー，アンドレ・ド（1907-1968）小説家．151, 152

リスト，フランツ（1811-1886）ハンガリー出身のピアニスト・作曲家．48

リッツォ，ウィリー（1928-2013）「フォト・ジャーナリズム」を象徴する写真家の一人．デザイナーでもあった．149

リュシェール，ジャン（1901-1946）対独協力ジャーナリズムの中心人物．48, 49

リルケ，ライナー・マリア（1875-1926）オーストリアの詩人・作家．プラハに生まれ，ヨーロッパ各地を転々とした．パリでの生活をもとに『マルテの手記』を書く．『ロダン論』は岩波文庫などで読める．10

リンドン，レーモン（1901-1992）司法官，破毀院の初代院長．リュシェールの他，アンリ・ベローも死刑に処した．49

ルイス，ピエール（1870-1925）詩人・小説家．『女と人形』『アフロディット』など．172, 173

ルヴェール，アンドレ（1879-1962）ジャーナリスト・新聞挿絵画家．111

ルクレール元帥，フィリップ（1902-1947）軍人．85, 86

ルージュモン，ドニ・ド（1906-1985）スイスの批評家．『愛について―エロスとアガペ』など．159

ルーセ，ジャン＝ジャック　181

ルナン，エルネスト（1823-1892）宗教史家・思想家．『イエス伝』『国民とは何か』など．108

ルブラン，アルベール（1871-1950）1932 年から 1940 年まで，フランス大統領．二期目の途中でペタンに取って代わられた．132

ルマルシャン，ジャック（1908-1974）作家・演劇評論家．グルニエと同じくガリマール社でも働いた．95

ルロン，リュシアン（1888-1958）婦人服デザイナー．74

レオトー，ポール（1872-1956）劇評家・エッセイスト．没後『文学日記』刊．

107
レカミエ夫人，ジュリエット（1777-1849）文学・政治サロンの花形．1819年から修道院に引きこもる．222
レジェ，フェルナン（1881-1955）画家．151
レニエ，アンリ・ド（1864-1936）作家・詩人．上田敏や永井荷風の翻訳で，わが国でも親しまれてきた．172, 173
レーミゾフ，アレクセイ（1877-1957）モスクワ生まれのモダニスト作家．パリで死んだ．『十字架の姉妹』など．110
レーンハルト，ロジェ（1903-1985）映画監督・俳優・プロデューサー．152

ロッセリーニ，ロベルト（1906-1977）イタリアの映画監督．《無防備都市》は1945年作．207
ロッセル，ルイ（1844-1871）政治家・軍人．222
ロートシルド，カシニョール（カシ）グルニエの友人．39, 40, 77
ロートシルド，コレット（マド）（1916-2008）数学教師．カシニョールの妻．39, 40, 63, 77
ローランサン，マリー（1886-1956）画家・彫刻家．アポリネールと恋愛．バレエの舞台衣装や舞台装飾でも有名．12
ロレンス，トーマス・エドワード（1888-1935）イギリスの軍人・考古学者．『知恵の七柱』『砂漠の反乱』など．《アラビアのロレンス》のモデル．46, 222
ロワ，クロード（1915-1997）ジャーナリスト・詩人・作家．グルニエの親友となり，「今日の詩人叢書」のクロード・ロワの巻はグルニエが担当する．84, 97, 151, 165, 194, 216, 224
ロワ，ジュール（1902-2000）作家・批評家．『幸福の谷間』『アルジェリア戦争　私は証言する』など．150
ロワイエ＝コラール，ピエール＝ポール（1763-1845）リベラル派の政治家で王政復古期に活躍した．57

## 著者略歴

（Roger Grenier）

フランスの小説家・ジャーナリスト・放送作家．1919年9月19日，ノルマンディ地方のカーンに生まれ，ピレネー山中ベアルヌ地方の町ポーで育つ．1943年11月に上京して以来，現在までパリ市に在住．戦後アルベール・カミュに誘われて《コンバ》紙の記者となり，《フランス・ソワール》紙編集部を経て，1963年からガリマール出版社編集委員．2011年，創立百周年を記念してガリマール社が刊行した大型本『セバスチャン・ボタン通り5番地』を執筆した（挿画はジョルジュ・ルモワーヌ）．邦訳書に，小説『ライムライト』『シネロマン』『六月の長い一日』『黒いピエロ』，短篇小説集『水の鏡』『編集室』『フラゴナールの婚約者』（山田稔・選訳）『別離のとき』，エッセイ『チェーホフの感じ』『フィッツジェラルドの午前三時』『ユリシーズの涙』『写真の秘密』がある．

## 訳者略歴

宮下志朗〈みやした・しろう〉1947年，東京生まれ．東京大学名誉教授．放送大学教養学部教授．1990年『本の都市リヨン』（晶文社）で大佛次郎賞受賞．ラブレー，モンテーニュからゾラ，バルザック，都市論まで，幅広くフランスの文学と文化を扱っている．著書『読書の首都パリ』（みすず書房，1998）『パリ歴史探偵術』（講談社現代新書，2002）『本を読むデモクラシー〈読者大衆〉の出現』（刀水書房，2008）『カラー版　書物史への扉』（岩波書店，2016）ほか．ラブレー『ガルガンチュアとパンタグリュエル』（全5巻，ちくま文庫）の訳業により，2013年度の読売文学賞（研究・翻訳部門）を受賞．訳書 グルニエ『ユリシーズの涙』（みすず書房，2000）『写真の秘密』（みすず書房，2011）『モンテーニュ エセー抄』（みすず書房，2003）モンテーニュ『エセー』（全7巻，白水社）ほか多数．

ロジェ・グルニエ
パリはわが町
宮下志朗訳

2016年10月7日　印刷
2016年10月20日　発行

発行所　株式会社 みすず書房
〒113-0033 東京都文京区本郷5丁目32-21
電話 03-3814-0131(営業) 03-3815-9181(編集)
http://www.msz.co.jp

本文組版　キャップス
本文印刷所　精興社
扉・表紙・カバー印刷所　リヒトプランニング
製本所　松岳社


Printed in Japan
ISBN 978-4-622-08555-3
[パリはわがまち]